张芩之

著

如此人生，有味道

北京联合出版公司
Beijing United Publishing Co.,Ltd.

图书在版编目（CIP）数据

如此人生，有味道 / 张芬之著 . -- 北京 : 北京联
合出版公司 , 2025. 3. -- ISBN 978-7-5596-8213-0

Ⅰ . I227

中国国家版本馆 CIP 数据核字第 2025FG5650 号

如此人生，有味道

作　　者：张芬之

出 品 人：赵红仕

责任编辑：管　文

封面设计：仙　境

版式设计：张　敏

责任编审：赵　娜

北京联合出版公司出版

（北京市西城区德外大街 83 号楼 9 层　100088）

北京华景时代文化传媒有限公司发行

北京中科印刷有限公司印刷　　新华书店经销

字数 64 千字　　　880 毫米 ×1230 毫米　　1/32　　9.75 印张

2025 年 3 月第 1 版　　2025 年 3 月第 1 次印刷

ISBN 978-7-5596-8213-0

定价：59.00 元

序言

　　我的主业是新闻出版，写消息、写通讯、写言论是本行。吟诗作赋，愚是外行。但靠兴趣与自学，近二十年来，凭观察、凭记忆、凭想象、凭心血来潮般的灵感与激情，竟陆续写下各种内容的诗歌千余首。其中有仿古体诗三言、五言、七言，更多的是新体诗，也叫现代诗。这些不同内容的诗句，或写景或状物或抒情或追忆，可谓情之所至，随心所欲。既言志言情，也言情言事，活脱脱描述了人生的苦辣酸甜。十二年前，我在青岛出版社出版过诗集《爱的心语》。一年前，与乡友韩其周合作出版过诗集《群星璀璨》。此后，一发而不可收，常常从日常生活中的所见所闻、所思所悟，更多的是从即景生情、感悟人生的角度，在手机上用几分钟、十几分钟或几十分钟，或长或短，信手写来，匆匆而就。由于我不会用电脑打字，对这些匆忙之中写成的诗作来不及仔细雕琢便随手发出，陆续在中国诗歌网、人民论坛、北京诗歌网、今日头条、《花园报》、《拂晓报》等媒体相继发表。现在看来，不少诗作显得是那么随意，甚至有点儿青涩和稚嫩。这或许正是自学诗作者的"原生态"吧。

一个人的成长，包括文字写作，总是有来由与历史渊源的。愚的文字历练与成长，足以证明，实践是最广阔的课堂，自学是最好的老师，成功来自天赋与勤奋。回想起1965年，我在《安徽日报》发表第一个"豆腐块"——《林公俭烈士教育了我》，1968年在《人民日报》发表通讯《马大嫂当了队长的参谋》，1969年在《解放军报》发表评论《牢牢掌握对阶级敌人的镇压之权》，至今已过去半个多世纪。愚可以实事求是地说，十几岁上初中时，从未想过当记者、当诗人和作家，更未想过担任什么总编辑和党员领导干部。小时候，最大的心愿与梦想，是当小学教师，每月领几十元工资，能吃上国家的商品粮，给家人一些接济。但现实和命运有时令你捉摸不透，甚至让你有点儿莫名其妙、身不由己，亦可称作神使鬼差、喜出望外，最终成为人生传奇。

由于自幼丧父，家境贫寒，我没有机会上大学，更没有在专业殿堂里听过老师讲授如何写作新闻、通讯及诗词歌赋。那年月，我国处于三年困难时期，吃不饱饭是常态。记得1958年至1961年上初中时，我吃过橡子饼、地瓜秧、水草、洋槐叶和榆树皮，曾被饿得脸浮肿，真是苦不堪言，不忍回首。也正因为贫穷与饥饿，穷则思变，我立志自学，下决心靠一支笔，跳出农门苦海，改变此生命运，从此走上了异常艰辛的耕耘之路。

苍天不负苦心人。1966年我中专毕业，被分配到安徽省原宿县地区（今宿州市）新汴河工程指挥部政治部，参与创办《新汴河战报》，成为实习记者。1968年在"文革"的岁月，我毅然投笔从戎，靠新闻写作在1970年被破格提干，并于1977年在北京军区空军政治部宣传部，又被破格提拔为副团职干部。1983年任北空某师政治部副主任，主持师政治部日常工作。1984年我转业，靠四十万字的剪报本，毛遂自荐进入首都新闻界，叩开了落户北京的梦想之门，成为一名专业新闻出版工作者。

漫漫人生路，孤灯伴我读写行。在党和人民的培养下，1991年我被评为全国优秀新闻工作者，1993年被批准享受国务院政府特殊津贴，1996年经中央宣传部批准，担任国家新闻出版署机关报《新闻出版报》（后改为《中国新闻出版报》）总编辑，1997年被评为高级编辑，同年加入中国作家协会，并被北京广播学院（现为中国传媒大学）聘为新闻出版方向兼职博士生导师，同时担任国家和北京市新闻高级职称评委会委员，还连续十多年担任中国新闻奖评委会委员。回首过往，一个没有上过大学的穷小子，历经三年参加北京市高等教育自学考试，于 1986 年获得了大专毕业证书，依靠坚持不懈的辛勤耕耘，成长为正厅级的报社总编辑，成为新闻出版界的知名专家，岂不是云里雾里，自学成才，久久为功，梦想成真？

收录这本《如此人生，有味道》诗集中的一百四十一首拙诗，多为我退休后闲暇时间的即兴之作，今日将它们收集起来，再出一本诗集，主要是以资留念，同时也想以一个自学写作者的身份来一个"现身说法"，旨在以我的成长经历，给那些意欲自学奋进的年轻人一点激励与启迪。

这里需要说明的是：收录这本诗集"心语篇"的十一篇作品，并非诗歌，而属于散文和随笔。之所以收录进来，一是因为其内容也是谈人生、说处世，与诗集的主题紧密相连；二是文中涉及的诸多事例或道理，不少是我们日常生活中司空见惯的，其中有的事例还是我本人曾经历练或经受过的，所思所感所言，发自肺腑，窃以为或许对读者有一些启发与帮助。所以，我把这些别有韵味与哲理色彩的篇什也收了进来，但愿它们不是多余的，而且希望读者能够喜欢。

我的乡友、教育部语言文字应用研究所原副所长韩其周，对这些拙诗进行了一次全面的审读与润色；我曾经的两位年轻的同事为这本诗集的出版花费时间输录和整理，付出了辛劳。北京华景时代文化传媒有限公司董事长朱文平和总裁刘雅文对诗集的出版给予了热诚的支持，借此一并表示衷心的谢意。

是为序。

张苾之

2024 年 9 月 16 日

目录

人生篇

人生之歌

人生是一本书，人生是一部戏，

人生是一支歌，人生是一首诗。

人生是锅碗瓢盆交响乐，

人生是苦辣酸咸甜，

人生是两眼一睁忙到熄灯，

人生是上学工作生儿育女。

人生是爬大山蹚大河，

人生是阳光与风雨同在的岁月，

人生是烦恼与欢乐共处的生活。

人生在世，

无论是务农做工，还是做官或是百姓，

家家都有自己的笑声，家家都有难念的经。

人们常说，

祝您永远健康万事如意，

实际上只是一种期望与幻想。

人生苦短，人生如梦。

人生是一次没有回程的旅行，

人生如同自然界，有自己的春夏秋冬。

今天风和日丽，明天可能乌云压顶。

人生不可能一帆风顺，

有时甚至有意想不到的挫折和困境。

因此，

做人要心态平静。

面对困难不皱眉，偶遭灾难不惶恐；

风物长宜放眼量，目光如炬方向明；

砥砺奋进不停步，百折不弯勇前行。

懂得，

婚姻健康儿女家庭，乃天意缘分命中注定；

功名利禄荣华富贵，应顺其自然淡定从容。

须知，

人来世上，是极偶然的因素，

要锐意进取奋发图强，立志做好事善事，

爱祖国爱人民爱父母，爱学习爱劳动爱运动。

古人云，

举头三尺有神明，人在做天在看。

人人都有自己的角色，人人亦是全天候的演员。

人过留名雁过留声，做人就要学雷锋，

把有限的生命，投入到无限的为人民服务之中。

忠诚勤勉，与人为善；

把握平淡，顺其自然。

知道山外有山天外有天，

要守法纪讲信用，要懂礼貌讲文明。

金无足赤，人无完人。

人人皆肉体凡胎，人人都有六欲七情。

要善于节欲制怒，树立良好学风家风。

以古今贤达为楷模，创造不平凡的人生！

写于 2021 年 6 月 30 日

看　透

世上鱼龙混杂，生活苦辣酸甜；

有风有雨有梦，有路有坑有洞。

当你看透一切，自会善待人生，

赤条条来，赤条条去，

人生就是一场旅行，看清读懂活得轻松。

人生什么最重要？健康。

人生什么最宝贵？亲情。

人生什么最值钱？光阴。

人生什么最富有？知识。

当你看透一切，名誉财富地位，

美景美食美女，都会坦然面对。

是你的就是你的，别人想抢也抢不成；

不是你的别强求，挖空心思弄到手，

到头来竹篮打水一场空。

多少贪官污吏，多少案例典型，

粉墨登场几春秋，东窗事发进牢笼。

当你看透一切，

眼睛更明亮，心胸更宽广，

万事想得开，身体更健康。

看透看透看透，坦然淡然自然，

从容宽容包容，顺心顺利顺风。

看透了一切，看透了世情；

笑对风雨冰霜，活得正大光明；

这是历史的必然，亦是最美的人生。

写于 2020 年 11 月 28 日

人 与 人

人海茫茫，如鲤过江，
人生苦短，恩怨难忘。

人与人相识，有原因。
人与人相处，有意愿。
人与人相知，有天意。
人与人相爱，有姻缘。

百年修得同船渡，千年修得共枕眠。
一生一世莫忘怀，朝朝暮暮在心田。

人是高级动物，有思想有良知。
人是血肉之躯，有情感有血性。

人欲嫦娥奔月，充满梦想理想。

人能精忠报国，甘洒满腔热血。

人讲孝心孝道，人应知书达理，

人能自学成才，人须知恩图报。

人与人不同，人与人各异。

有的人五讲四美，有的人贪赃枉法。

有的人忠诚勤勉，有的人投机钻营。

有的人常念恩情，有的人不如狗熊。

人各有志，但有一条要铭记：

作文要顺理成章，做官要清正廉明，

做事要扎扎实实，做人要堂堂正正。

写于 2021 年 2 月 24 日

秋冬畅想

秋风扫落叶，纷纷扬扬；

落叶坠大地，一片金黄。

秋，随风而去，

迎来了寒风凛冽，带走了秋高气爽。

雪花飘飘，又一度秋去冬来。

秋有秋的风景，冬有冬的豪迈，

无论世人何物，谁也概莫能外。

欢呼秋的离去，拥抱冬的情怀；

冬是春的前奏，冬是松柏的最爱。

雪压青松松更坚，雪盖麦苗喜灌溉；

待到雪融春风起，万物苏复百花开。

冬，来了，

春，近了；

历尽严寒筋骨壮，梅花香自苦寒来。

吃得苦中苦，方为人上人，

这就是冬的宝贵，亦是冬的价值所在。

写于 2020 年 11 月 7 日

不安与心安

不安，源于纠结，

源于犹豫，源于不舍。

心安，来自天意，

来自缘分，来自勇气。

不安与心安，

一字之差，天壤之别。

抛却世俗，珍视相知，

鼓起勇气，会是一生的收获，

深情的珍藏，会有无穷的乐趣。

这是情与思的碰撞，亦是心与缘的交流。

人生一世啊，

苦且短，忧与愁，

朝夕相伴，朝朝暮暮。

潇洒轻松地走一回吧，

让人生充满诗情画意！

写于 2020 年 10 月 20 日

花开花落

风吹花落，红的白的，
绿的黄的，纷纷扬扬；
凄凄惨惨，凋落满地。
恰似黛玉葬花，令人心生怜惜。

风吹花落，花落风吹；
生生死死，死死生生；
先生先死，先死先生。

花与人一样，
都有春夏秋冬，都有万紫千红。
花又与人不同，
年年花开，风吹花谢，
花重生，生生不息复年轻。

人啊，一生一世，

仅一回，死了难复生，

应追求活得有价值，

潇洒走一程！

写于 2022 年 4 月 23 日

人生在世

人生在世，要有志气。

量体裁衣，自我设计，

力求不负韶华不平庸，

且莫心灰意冷与世无争。

凡事应有度，

功名利禄固然好，

尚需奋斗去努力，

凭勤勉去斩获，

用歪门邪道弄到手，

九九归一要失去。

君不见，昔日王朝，

多少帝王将相，

由于滥用权力，由于欺男霸女，

由于滥杀无辜，由于利令智昏，

下场凄凄惨惨，落得个遗臭万年。

君不见，今日之官场，

有多少贪官下牢狱，

有多少阔少被惩治，

昔日风光风流风采，

俱往矣，断别离。

满面泪水映憔悴，

一腔悔恨在心里。

人生在世，

不能丧失警惕，

应自立自强自重，

奋发向上严律己。

虚怀若谷，谦虚谨慎，

夹着尾巴做人，

不要处处争豪强，

莫为名利违法纪。

一切顺其自然，顺从天意。

苍天不负苦心人，好人定有好结局。

写于 2020 年 12 月 20 日

生　活

生活，是人生的每一天。

生活，是人生的每一月。

生活，是人生的每一年。

生活，是没完没了的爬坡。

生活，是无休无止的忙碌。

生活，是苦辣酸甜的延续，

生活，是满怀希冀的奋斗。

生活，有欢乐有健康有和谐。

生活，有痛苦有疾病有纷争。

生活，有幸福有阳光有期待。

生活，有困难有风雨有无奈。

生活，是柴米油盐交响乐。

生活，是持续奋斗蹚大河。

生活，是一杯浓郁的美酒。

生活，是一幅美丽的画卷。

生活，是阳光与风雨同在的时空。

生活，是充满诗意与远方的宇宙。

生活啊生活，人人有不同的感悟。

生活啊生活，人人有不同的态度。

生活啊生活，人人有不同的取舍。

生活啊生活，人人有不同的追求。

对生活，不要有不切实际的幻想。

对生活，不要有一筹莫展的失望。

对生活，要永远满怀坚定的信仰。

对生活，要永远保持前进的高昂。

永远追求真善美，挺直铁脊梁；

永远摒弃假丑恶，活得像个样。

写于 2021 年 2 月 8 日

诗意人生

人来到世上，

无论平民，还是做官经商，

无论活了几十年，还是一百年，

家家都有难念的经，

人人亦有自己的苦和甜。

世上没有笔直的路，

人生也不可能心想事成，

如同多变的自然界，

今日风和日丽阳光灿烂，

明天就将乌云压顶雨暴风狂。

这是人生之路的普遍规律，

古往今来都一样。

读懂了人生之书，

仿佛登上一座山峰，

眼界豁然开朗。

贫穷时不失志，富贵时不骄淫。

吃得苦中苦，方为人上人。

忘根忘本丢了魂，终有恶报害家人。

天下没有长生不老药，

人的生命总有尽头。

在宝贵的人生岁月里，

要忍受住苦，要经得住难。

不论是幸运顺遂，还是日子黯淡，

都要风物长宜放眼量，

满怀信心勇向前。

写于 2021 年 10 月 30 日

夕阳颂

人海茫茫，白驹过隙。

岁月如水，潺潺流淌。

何曾相识，何曾守望。

何曾相知，何曾欢畅。

人生苦短，风雨阳光。

一路奔波，两鬓染霜。

回首来路，心怀坦荡。

安享晚年，笑享夕阳。

写于 2021 年 5 月 11 日

老有老的乐趣

光阴如梭，脚步匆匆。

转眼间一天一月又一年，

由少年青年壮年到了老年。

头发稀了白了，眼睛昏了花了，

腰杆驼了酸了，腿脚慢了疼了，

牙齿松了掉了，记忆忘了差了。

这是人生的必然，生命的定律，

天王老子是这样，平民百姓亦如此。

人老了有许多不便，

人老了也有一些不甘，

但老了就是老了，

不想老惧怕老也是枉然。

唯一正确的心态是，

老了有老的好处，

老了有老的活法，

老了有老的乐趣。

老了不用朝九晚五去上班，

老了不必操心费力去赚钱，

老了老马识途是财富，

老了儿孙满堂享天伦。

老了可以在家睡懒觉，

老了可常与亲友闲聊天。

老了有空嗑瓜子看书报，

老了有工夫带孙子荡秋千。

老了可以琴棋书画写文章，

老了想吃啥喝啥自己说了算。

老了有大把时间游山水，

老了可去全球转一转。

扪心自问想一想，

少年有少年时的天真，

青年有青年时的浪漫，

中年有中年时的担当，

老年有老年时的欢颜。

不要总念叨自己老了，

不要总想老了多艰难，

不要以为老了真的就老了。

只要心态好重营养勤锻炼，

满面红光健步如飞有童颜。

归根结底一句话，

老了虽然挡不住，

但老了毕竟是必然。

老了有啥可怕？老了有啥可叹？

老了就老了呗，一天一月一年，

咱照旧吃香喝辣乐无边！

写于 2021 年 1 月 14 日

欲望如火

天有春夏秋冬，人有七情六欲。

无论男人女人，

一旦走上社会，

皆有欲望和进取心，

想成为一个不平凡的人。

有欲望做高官，当富豪，

有欲望活得有滋味，

有欲望一直晋升不掉队。

欲望与贪欲一字之差，

若把握不住分寸，

失之毫厘，谬之千里。

欲望正常是一种希冀，

是前进的目标与方向。

期望值若与实际相符，

遵循事物的客观规律，

咬定青山不放松，

锲而不舍去追寻，

十有八九能成功。

欲望似火，贪欲是坑，

一旦放纵把不住，

欲火焚烧，欲壑难平，

使人失去理智与底线，

终将坠入深渊。

君不见，

那些曾显赫一时的大小官员，

因欲望失控违法纪，

一个接一个吃牢饭。

案件频发，警钟长鸣。

吸取教训，擦亮眼睛，

正确处理欲望与奋斗的辩证关系，

永远走正道不迷航，

始终守法纪做好人！

写于 2021 年 12 月 5 日

无　题

人生，是一杯苦酒。

欢乐，是自酿琼浆。

伤心，是刺人利箭。

失意，是无尽忧伤。

思念，如汹涌长江。

期望，似灿烂星光。

欢聚，若雨后彩虹。

明朝，像春天模样。

写于 2022 年 7 月 29 日

回　忆

回忆是一本书，

有前言，有章节，有后记。

密密麻麻，字里行间书写着，

难忘的事，难忘的人，

难忘的景，难忘的情。

历久弥坚，常读常新。

回忆是一部剧，

有人物，有故事，

有情节，有场景。

一幕幕，活灵活现，

一场场，如在眼前。

那么甜蜜，那么欢愉，那么投入，

又那么记忆犹新，铭心刻骨。

回忆是回首人生漫长的旅行。

旅程中阳光灿烂，

有时候风雨兼程。

旅行中吃尽了千辛万苦，

也曾亲历鸟语花香；

路上有不少贵人相助，

亦有知音相伴相扶。

回忆是甜蜜的，回忆是寻常的，

回忆有时又是痛彻心扉的。

人只要活着，只要有思维，

回忆是不断的，亦是难免的。

是苦辣酸甜咸，

常埋心底，五味杂陈。

愿回忆如陈年老酒，

盼回忆似璀璨星空。

风风雨雨的大半生啊，

不只是饱尝艰辛与困苦，

也有砥砺前行的诗情画意。

写于 2021 年 10 月 18 日

悟

夜空，月亮最明亮。

雨后，彩虹最美丽。

人间，爱情最珍贵。

然而，当你——

看得多了，识得广了，

会觉得所有这些，

很常见，很正常。

比月亮更明亮的有太阳，

比彩虹更绚丽的有晚霞，

比爱情更重要的有亲情。

人生在世，

要风物长宜放眼量，

要海纳百川胸怀广，

要挺直脊梁有骨气，

要闲庭信步坦荡荡。

山外青山楼外楼，

百花争艳处处有，

天涯何处无芳草，

无须念念去奢求。

该遇见的会遇见，

应拥有的会拥有，

是你的九九归一跑不掉，

不是你的朝思暮想找罪受。

该追求的去追求，

该放下的要放下，

顺其自然乐悠悠。

此乃人生辩证法，

值得书写置案头。

写于 2020 年 11 月 1 日

人生五吟

枫红知深秋，来日已无长；
人生多少事，残缺一箩筐。

园中花正香，折之心中藏；
良俗不允许，吾辈何堂堂。

人生非草木，春风复成长；
此去乃终点，一票上天堂。

旭日升东方，悄悄变夕阳；
人生如过隙，可叹无商量。

老骥志千里，扬鞭蹄奋扬；
吟诗抒豪情，静心觅远方。

写于 2023 年 10 月 14 日晨，偶思之

人生赋

人生苦短，苦辣酸甜；
日月如梭，弹指之间。

人贵有志，志存高远；
一以贯之，排除万难。

人有自知，虚怀若谷；
博览群书，海纳百川。

人尊孝道，扶老携幼；
以礼相待，家和事兴。

人倡勤俭，节约为荣；
粗茶淡饭，快乐一生。

人戒钻营，广交挚友；
公道正派，从善如流。

人恋故土，乡音不改；
树高千丈，落叶归根。

人重情义，肝胆相照；

多近君子，远离小人。

人喜劳动，多行善事；

饭后百步，加强锻炼。

人爱祖国，忠心赤胆；

祝福中华，国泰民安。

写于 2024 年 2 月 26 日晨

人生真言

花无百日红，人无长久兴。

功名利与禄，浮云飘不定。

忠诚且勤勉，向善奋力行。

已是夕阳红，一切皆看清。

保持好心态，拥有好心情，

一副好身板，阖家乐融融。

于 2024 年 3 月 11 日早 8 点即兴速写

三字经

人一生，苦且短，

难处多，事纷繁。

情如酒，才似剑，

欲上进，行路难。

心情美，谈何易，

诸事顺，难寻见。

莫自卑，善谋断，

守本心，恒执念。

忠孝贤，敬清廉，

谋健康，寿百年。

写于 2024 年 5 月 19 日

味　道

清早醒来，想起伟人毛泽东的一句话，
想知道梨子的滋味，就要亲口尝一尝。
仔细思忖，人生在世，
人之为人，情同此理。

人一生，
有阳光，有风雨，
有辛酸，有甜蜜。
人间百花争斗艳，
人生百味逐品尝。
尝百草才出李时珍，
吃万苦方为人上人。
曾记否？
年少时，小顽童。
割青草，喂牛羊。

背书包，上学堂。

地瓜干，当口粮。

盼过年，望成长。

娶媳妇，入洞房。

养儿女，敬爹娘。

爬沟坎，跨桥梁。

读诗书，争金榜。

朝九五，上班忙。

皆为是，

穿新衣，吃细粮。

高山流水觅知音，

荣光耀祖继世长；

人生犹如万花筒，

与舌尖上的中国一个样。

林林总总，酸甜苦辣，

多姿多彩，味全色香。

若要真正懂人生，

就要学习毛泽东，

亲身体验世间事，

百味亲自尝一尝。

有的人，不吃这，不穿那，

挑挑拣拣费思量。

如此这般想一想，

偌大世界，无奇不有，

有诸多芳草未曾见，

有不少美食不曾尝，

岂不遗憾多多，枉来人世一趟。

大千世界，各色人等，

人各有志，绝不一样。

各人有各人的命运，各家有各家的短长。

人生啊人生，亲爱的朋友，

不妨认真想一想，人一生，

肉体凡胎，七情六欲，

春夏秋冬，寒来暑往，

光阴如梭，岁月绵长。

等到夕阳西下，已无来日方长。

回首走过的人生路，

有几多遗憾在彷徨，

有许多百味还未尝，

是否觉得不应当?

天地转，光阴迫。

一万年太久，只争朝夕，

不知你赞赏不赞赏?!

写于 2021 年 9 月 10 日教师节

教训与伤痛

昨日秋阳灿烂，生活轻松如常；

今日乌云压顶，阵阵雨骤疯狂。

这是一次理财失误，心里很受伤。

这是人间正常现象，

亦是人人都会面临的祸殃。

风雨交加何所惧，雪压青松挺且直；

逆境是磨刀石，灾难是清醒剂。

笑迎雷电风雨，淡然顽强屹立。

依旧谈笑风生，依然立志奋起。

回乡捐书继续做，不忘初心励后人。

苍天总有怜惜时，好人一生得平安。

此乃人生辩证法，读懂弄通笑开颜。

呵呵呵，哈哈哈，俺是一个男子汉！

写于 2021 年

淡然与欲望

淡然，是一汪平静的水，

无波无浪，平淡而无奇。

人生要有一颗淡然的心，

在明媚的春光里，开出一朵浅色的花，

不争奇，不斗艳，

永远保持宁静而致远，

必将在风雨人生中，

宠辱不惊，心地坦荡，

活得淡然、坦然、自然，

活得洒脱、开朗、稳健。

欲望，是一束炽热的火焰，

热烈蒸腾，火辣辣地烧燃。

人生是一条奋进的路，

不可以没有欲望。

有欲望，有追求，

有目标，有方向；

有梦想，有力量。

有欲望，要能吃苦，

能发奋，能自律，能自强；

不甘于平庸，一路拼搏向上，

才可能创造辉煌。

欲望，是一把双刃剑，

有正能量，也有负能量。

行走在坎坷的人生路上，

欲望要善于节制，

不能让欲望成烈马，

不能让欲望太狂妄。

欲望失去分寸，把握不住火候，

会自酿苦果，甚至会自取灭亡。

人生不可以无欲无求，

也不可以欲望过盛，欲壑难平，

关键在实事求是、量力而行，

力求恰如其分，圆满无恙。

此乃做人做事的原则，

唯物辩证法，人生好主张。

写于 2021 年 2 月 3 日

释　然

再奇妙的美梦，总要醒来；

再黑暗的长夜，会迎来黎明；

再漫长的雨季，也有云开日出时。

追求，是一个梦，

执着，是一场雨，

梦醒来，雨停了，

仍要如常快意地生活，

只将留恋和遗憾藏在心底。

人生是一场旅行，没有回程票，

没有平坦的路，也没有一帆风顺。

目光如炬，胸怀宽广，

容得下高山大川，吞得了苦辣酸甜。

梦醒时，临窗放声高歌，

雨住了，抬头仰望彩虹。

这就是苦乐参半的人生，
永远微笑着风雨前行。

写于 2016 年 3 月

晨 悟

人一生，何为幸福？

身体健康，财富自由，

平安快乐，亲朋满座。

人一生，何为圆满？

心想之事，能办成，

心仪之人，能拥有，

心之梦想，能实现。

难也，难于上华山。

认准目标，孜孜以求，

不达目的不罢休，才是真正男子汉。

综观古今中外，此事古难全。

也许，经过努力，可以达到；

也许，历尽曲折，难圆心愿。

一切顺从天意，永葆健康平安。

写于 2023 年 10 月 21 日晨

渴　望

渴望，是向往，

渴望，是期盼，

渴望，是最值得珍爱的获得。

获得，是拥有，

获得，是幸福，

获得，是人生中天赐的良缘。

良缘，是友谊，

良缘，是爱情，

良缘，是可遇而不可求的机遇。

机遇，是机会，

机遇，是天意，

机遇如电石火花，稍纵即逝。

聪慧的人，

心胸宽阔，智勇双全，

善于把握和抓住机遇，

成就渴望，实现梦想。

等 待

等待，是一种念想，

等待，是一种忍耐。

等待，要有韧性，

等待，要学会理解。

等待，如同望眼欲穿，

等待，好似阴雨连绵。

等待，仍然怀有希望，

等待，不想断绝往来。

等待，有难言的苦衷，

等待，有挚诚的情怀。

等待，盼望有回旋余地，

等待，盼喜讯早一天到来。

等待，要等到何时？

等待，是如此无奈！

等待，天涯何处无芳草？

等待，不如斩断情丝，

善待，善断，善哉！

写于 2020 年 10 月 30 日

拥　有

拥有，是缘分；

拥有，是天意。

拥有，颇难得；

拥有，很欢愉。

拥有，是上苍的眷顾；

拥有，是期待的福音。

拥有，是幸运；

拥有，是享受。

人生苦短，苦辣酸甜；

但愿如愿，希冀拥有。

拥有是一颗年轻的心，

拥有是冬去春的来临。

写于 2020 年 11 月 5 日

珍　惜

人生在世，风风雨雨，

要学会应对，也要学会珍惜。

珍惜是一种理念，

珍惜是一种美德，

珍惜是一种财富，

珍惜是一种智慧。

珍惜光阴。

一寸光阴一寸金，

寸金难买寸光阴。

光阴如梭，稍纵即逝，

错过了就永远失去。

要视光阴如生命，

学会珍惜每一秒，

学会用好每一分，

让分分秒秒有效率，

愿月月年年创佳绩。

珍惜粮食。

民以食为天，粮食来之不易。

锄禾日当午，汗滴禾下土，

谁知盘中餐，粒粒皆辛苦。

一颗豆一粒米，饱含农民纵横汗，

汗水掉地摔八瓣。

一年三百六十五，天天都要吃饱饭。

若是一顿没饭吃，饥肠辘辘情何堪。

珍惜粮食不浪费，光盘行动要争先。

珍惜友情。

在家靠父母，出外靠朋友。

朋友多力量大，有点难处不害怕。

一人伸手拉一把，众手浇开幸福花。

友情并非从天降，要靠相处与包容，

肝胆相照讲真诚，长短互补乐融融。

珍惜亲情。

血浓于水亲上亲，和和睦睦感情深。

一口锅里喂脑袋，一个屋檐共栖身。

一笔难写两个姓，打仗还得父子兵。

偶尔或许有矛盾，切莫互怼伤自身。

亲情虽是连根生，仍需阳光和水分，

悉心培养多用心，才有欢乐一家人。

珍惜亲情为孝道，亲情浓郁享天伦，

哪家欢声笑语多，定与亲情不可分。

珍惜爱情。

爱情如诗，爱情如画，

爱情似火，爱情似蜜。

人非草木，岂能无情？

男婚女嫁，水到渠成。

一旦有了爱情，就是一生的情缘。

百年修得同船渡，一日夫妻百日恩。

既是上苍牵红线，亦是今生有缘分。

茫茫人海擦肩过，能成知音有几人？

纵然光阴催人老，真爱全凭一颗心。

无论沧桑多变化，爱情之舟不沉沦。

爱情啊，一生一世长牵手；

爱情啊，朝朝暮暮挂在心。

爱情啊，春夏秋冬永相守，

爱情啊，无限珍惜不离分。

写于 2021 年 2 月 8 日

放　弃

放弃，是一种选择，

放弃，是一种态度。

放弃，是难言的割舍，

放弃，是对失望的决绝。

人生，

风风雨雨，坎坎坷坷，

悲欢离合，常有变数。

希望，是盏长明的灯，

失望，是个黑暗的洞。

希望成失望，有铭心刻骨的痛！

放弃，需要明智，

放弃，也需勇气。

放弃，固然痛苦，

放弃，亦是解脱。

人生充满哀乐悲喜，

让失望像风一样吹去，

愿希望如太阳一天天升起。

写于 2020 年 12 月 16 日

离　开

离开，离开，是永恒的真理；

离开，离开，是不变的铁律。

无论天王老子，还是达官贵人，

无论亿万富翁，还是平民百姓，

无论男人，还是女人，

无论孩童，还是老人，

大道至简，九九归一。

谁都有离开的那一天，

谁都无力与离开抗拒。

只不过，人之命运，

变化无常，多姿多彩。

无非离开的时日有长短，

或是离开的方式有不同。

生老病死是常态，天灾人祸接踵来。

意外事故难预料，突发疾患很无奈。

这是人生必然，亦是应有的生死观。

人活一世，看惯了花开花落，

见多了生离死别，对离开也就淡然坦然。

草木一秋，岁月匆匆，

生生死死，死死生生。

如此循环往复，构成悲欢离合的世界。

当你患了疾病，当你有了意外，

当你遭遇灾难，当你面临死亡，

都不必惊慌失措，更不要号啕怨天。

人生应珍惜珍重，且莫放荡肆行。

忠诚勤勉，与人为善，

胸怀坦荡，天下为公。

爱国爱民，勤俭孝敬，

自立自强，自律自重。

功名利禄，顺其自然；

健康养生，持之以恒。

写于 2023 年 3 月 28 日北京医院

爱 心

生之为人，人皆有心。

心之各异，言行彰显。

偌大世界，千奇百怪，

野心者有之，贪心者有之，

虚心者有之，心傲者有之。

林林总总，无奇不有。

这是世道的必然。

古往今来，因果报应。

野心者必受惩，贪心者无善终，

虚心者会进步，心狂者将失败。

我尊崇有良心，也敬佩有善心，

更钟情有爱心。

爱美好爱助人，是大写的人，

多多益善，善莫大焉。

写于 2021 年 11 月 24 日

知　秋

题记：光阴如流水，弹指一挥间，愚今年76岁。这是夕阳西下的岁月，亦是人生的"秋季"。知秋、惜秋不叹秋，老骥伏枥自奋蹄。回首过往，吟诗一首。

人生一首诗，朝暮风雨行；
回首来时路，眼湿泪蒙蒙。
少时万般苦，心中一盏灯；
穷则思改命，携笔入军营。

奋斗半世纪，耕耘忙不停；
泼墨三缸水，守得月儿明。
年已七十六，知秋乃从容；
吟诗开心过，白首慕青松。

写于2021年9月11日

话夕阳

夕阳灿烂，霞光满天。

这是人生收获的季节，

亦是儿孙满堂，安享晚年的"秋天"。

光阴飞逝，脚步匆匆，

人总是从牙牙学语，一步步一天天，

成为少年青年，又年复一年，

迈进了中年老年。

这是人生自然规律，天王老子亦如此。

青年有青年的朝气，

夕阳有夕阳的风采。

别以为，夕阳西下，

来日无多，自此落寞心寒。

殊不知，黄泉路上无老少，

最美不过夕阳红。

放松身心，吟诗绘画，

以文会友，饮酒品茗。

看云卷云舒，见花开花落。

老骥伏枥，志在千里，

优哉游哉，笑口常开。

写于 2023 年 1 月 11 日午后

老了真好

老了真好，毕竟老了。

老眼昏花，老态龙钟，

老气横秋，老胳膊老腿，

哪点儿好哟？

老了真好，并不真好。

年轻时风华正茂，

帅呆了美极了，

风花雪月，笑声朗朗，

潇潇洒洒，何其美妙！

老了真好，自我解嘲。

人生苦短，总要变老。

生命定律，自然法则，

谁能违抗，常青不老？

老了真好，想想也好。

不用上班，居家养老。

饭后散步，弄弄花草。

老夫老妻，相依为命。

享受夕阳，多么逍遥。

写于 2021 年 2 月 15 日

不老的童年

童年，

充满幻想理想，亦是不堪回首的岁月。

那时候天真烂漫，不懂得什么叫忧愁。

总盼着赶大集，一分钱买个烧饼，

再喝上一碗羊肉汤，

妈妈扯上几尺花洋布，给我做件新衣裳。

童年，

不知天高地厚，更不晓人情世故，

总盼着过年，美美吃上红烧肉，

放上几个二踢脚，到大爷叔叔家磕个头，

得到几分压岁钱，欢欢喜喜乐翻天。

转眼过去数十年，

头发白，腰腿酸，

眼睛花，儿孙全，

夕阳西下享晚年。

日子舒坦，不愁吃穿；

但童年的往事，像过电影在眼前。

啊！

穿着开裆裤的童年，

捉蟋蟀逃课的童年，

爬树摸鸟蛋的童年。

一桩桩一件件，

无忧无虑的童年，不识好歹的童年，

是那么记忆犹新，永远深藏在心田。

虽说儿时很清贫，的确那时挺捣蛋，

然童年毕竟是童年，

像一颗种子刚发芽，

破土成长生命力无限。

童年，

万花筒似的幻想，五彩缤纷变化多端；

多么美妙，多么留恋！

脚步匆匆，日月飞转，

不知不觉，走进老年，

青春无悔啊，心劲仍刚健。

愿不老的童年永在，盼童真童心依然。

写于 2023 年 6 月 7 日晨

爱是镇静剂

如痴如醉的恋人，坠入情海，

像走火入魔，只有爱药能治。

睁眼闭眼都是她，泪水盈眶正叹息；

忽然一个微信，立刻转忧为喜；

飞来一句问候，腾地跳跃而起。

爱是止痛药，爱是镇静剂；

爱是宽心丸，爱是甜如蜜。

写于 2020 年 6 月 8 日

八十大寿

题记：2024年9月3日，是愚79岁生日。79年前的9月2日，日军代表登上美军"密苏里号"军舰，正式签署投降书。9月3日毛泽东为《新华日报》题词："庆祝抗日胜利，中华民族解放万岁。"这是具有特殊意义的日子，亦是法定的中国人民抗日战争暨世界反法西斯战争胜利纪念日。值此之际，愚携夫人高丽去方庄热公馆游泳健身。蛙泳、仰泳，四个来回，气不喘，腿不酸，不由得感慨万千，遂作一首小诗庆贺之。

八十老翁庆寿年，携妻来至热公馆。
想起倭寇投降日，心潮澎湃热浪翻。
火速更换游泳衣，跳进泳池豪情添。
浪里击水庆生日，八十大寿尽开颜。
人生苦短忆往昔，遥看夕阳更灿烂。

写于2024年9月3日

吾心依旧

在青春燃烧的岁月，
炙热如火，柔情似水，
那么投入，那么钟情，
那么欢愉，那么留恋。
像斧削刀刻般，
刻印在脑海，深藏于心田。
尽管过去了许久，
一天天，一月月，一年年，
那情景，那场面，清晰依然。
如同在昨日，映现在眼前。

情深似海，铭记于心；
吾心依旧，忠贞执着。
愿春暖花开，重温旧梦，
回味过往逝去的欢乐。

写于 2022 年 8 月 16 日

风情万种

大千世界，风情万种。

人活世上，离不开人与情，

常常被情包围，往往为情所困，

好一个情字了得！

人情，友情，

乡情，恋情，

亲情，爱情，

哪一个放弃得了？

哪一个不魂牵梦绕？

人生在世，

总要食人间烟火，总要与情打交道。

上述六情，情意绵绵，

有的或近或远，有的或浓或淡；

有的或真或假，有的或长或短。

只要发自内心，又与缘分相连，

就要珍藏珍惜，应当铭记心间。

世上没有无缘无故的情，

亦没有无缘无故的爱。

一旦有了就是缘分，就是命运。

哪怕只有一次，哪怕只是偶遇，

都是上苍安排，都值得回味与留恋。

人乃高级动物，应当感恩报恩。

愿人情不薄，愿友情不断。

愿乡情浓郁，愿恋情蜜甜。

愿亲情永固，愿爱情圆满。

写于 2021 年 1 月 10 日

心　愿

心愿，如同月亮，
年年都有月圆。
心愿，好比理想，
年年都很遥远。
心愿，如同渴望，
朝暮刻在心田。
心愿，好比太阳，
天天光辉灿烂。
何日，达成心愿？
何月，理想实现？
何年，渴望如愿？
问自己，问友人，问苍天！
愿月亮如盘，盼心愿圆满，
在秋高气爽的那一天。

写于 2022 年 8 月 25 日

心　意

心意，如歌，

心意，如诗。

心意，如诉，

心意，如泣。

心意，是心的表白，

心意，是情的传递。

心意，是一种希冀，

心意，是一种寻觅。

心意，来自天意，

心意，发自心底。

心意，忠洁如玉，

心意，目光如炬。

心意，何其执着，

心意，完全彻底。

心意，好似彩虹，

心意，犹如春雨。

盼心意心想事成，

愿心意顺心如意。

写于 2020 年 12 月 10 日

有一种情

有一种情，

朦朦胧胧，似懂非懂，

萌发于青涩岁月，靠扔字条传递心声。

如今过去半世纪，

依然记忆犹新，定格在青葱的岁月，

是羞是乐是喜，说也说不清。

有一种情，

点点滴滴，播撒在成长的路上，

艰难中扶一把，断炊中送一斗，

那是救命的关口，亦是冬去春来的温情。

悠悠数十载，朝暮难忘怀，

每想起，鼻尖发酸怦然心动。

有一种情，

经年累月，从未忘却。

曾记得悲痛时一起流泪，

也记得欢乐时笑个不停。

如今那心心念念远去，

往日的柴米油盐，

消逝在哭声与笑声中，

依然千丝万缕魂绕梦萦。

这是恋情，友情，亲情，

苦辣酸甜的一生。

最好的开始，是遇见天遇见地，

遇见父母，遇见世界，遇见自己。

茫茫人海，沧海桑田，

遇见是偶然，遇见是缘分。

遇见山，欲攀登，

极目远眺，心旷神怡。

遇见水，想游泳，

挥臂击水，陶醉在浪花里。

遇见花，驻足观看，心生欢喜；

遇见人，虽萍水相逢，

但两情相悦，便有了爱意。

遇见，可遇而不可求。

遇见，偶然中寓于必然。

既然遇见，有了心动，

有了爱情，就应珍惜。

风雨前行的人生，

不可能总是风调雨顺，

也不可能永远携手同行。

天有不测风云，人有悲欢离合，

失去了就失去了，那是无奈与天意。

别总沉浸在过去的岁月，

更不能抱着悲痛孤苦一生。

勇敢地面对现实，

学会告别，学会遇见，

去寻觅和遇见新的生活，

去遇见和追求新的爱情。

人生啊人生，

是一次没有回程的旅行。

人生啊人生，

亦是遇见与告别的交错重生。

写于 2021 年 2 月 17 日

问我爱谁

蓝天问我爱谁，

我说女娲。

月亮问我爱谁，

我说嫦娥。

长城问我爱谁，

我说高山。

黄河问我爱谁，

我说大地。

你要问我爱谁，

我笑而不语。

心儿问我爱谁，

我说是你。

写于 2016 年 3 月

倩　影

往日的倩影依然清晰，
往日的情愫仍旧牢记。
不管过去多少岁月，
心中还时常想起你。
想着你恋着你，
盼望早一天见到你。
愿一生一世常惦记，
让爱的花朵更美丽。

写于 2016 年 3 月

天　意

或许是天意，

我们相识在风雨里。

你撑着伞，

我紧依着你，

一路欢声笑语，

是上苍让我俩相遇。

或许是天意，

我们相约在月光下。

我敞开宽阔的胸膛，

把你拥抱在心里，

世界今日最美丽。

或许是天意，

我们分别在雪花飞舞的冬季。

你拉着沉重的行李箱，

我泪满眼眶沉默不语，

自此一别杳无音信，

问苍天是天意还是故意?!

写于 1988 年 10 月 2 日

自从认识你

自从认识你，你就在我心里。

你是我心中的太阳，

你是我眼中的西施。

自此生活变了样，

吃啥啥香，干嘛嘛棒，

浑身上下有力量。

自从认识你，实在太神奇。

读书更刻苦，工作更积极。

生活更节俭，连烟都不吸。

入党提干门门顺，如沐春风回故里。

自从认识你，心里甜如蜜。

夜里有好梦，白天笑嘻嘻。

花前月下常牵手，悄悄话儿如吹笛。

满面春风藏不住，高兴劲儿就别提。

自从认识你，岁月走得急。

弹指一挥间，两鬓秋霜起。

已是夕阳不觉老，心中依然恋着你。

但愿你我常相忆，今生今世不分离。

写于 2016 年 3 月

雪与情

天地间有一种东西叫雪，

纷纷扬扬下个不停；

人世间有一种东西叫情，

魂牵梦绕如影随形。

雪是白的凉的，情是红的热的；

雪化情未了，久久在心头。

人生在世，风雪无阻，

冷暖交替，情意浓浓。

因之无论是雪是情，

都应珍惜珍视珍重。

写于 2016 年 3 月

美之咏（组诗）

（一）

你，很美，

美得自然，美得大方；

美得端庄，美得从容，

美得亭亭玉立。

你，很美，

美得温婉可亲，美得令人难忘；

美得有点诱人，美得乐于亲近。

茫茫人海，人与人相识在缘分。

男男女女，人与人相爱在相悦。

你是我心中的玫瑰，

你是我心中的女皇。

（二）

美，是娇艳挺拔的花，

美，是绚丽诱人的虹。

古往今来，

美是资本，美是财富，

美亦是招引祸端的痛。

世上万事万物都有两面性，

有美就有丑，有善就有恶；

有太阳就有月亮，有幸福就有忧愁。

人生苦短，岁月匆匆，

美是天赐的，也是易逝的。

要珍爱美的艳丽，

珍惜美的光阴，

珍视美的价值。

让美成就美好的年华，

愿美化作成功的阶梯。

切忌让美成为负担，

更不要让美带来烦恼，

甚至是伤痛与危机。

这是人生的必修课，

亦是美的辩证规律。

我们期盼美静静地来，

一生一世美得从容，

美不胜收，美得靓丽。

（三）

轻轻地你来了，匆匆地你走了。

清早一觉醒来，觉得很想你。

想你的容颜，想你的笑貌，

想你的歌声，想你的才情。

想你对我的信任，

想你对我的关爱种种。

好人一生平安，好人一生勤勉；

好人青春永驻，好人快乐年年。

轻轻地你来了，匆匆地你走了，

带走了北国的秋风，带走了深深的思念。

盼择日有缘再聚，愿友情铭记心间。

盼年年月月安康，愿友谊终生相伴。

写于 2020 年 12 月 15 日

月亮与星星

你是月亮弯弯形，苗条美丽挂夜空；
举头望去多诱人，人间瞩目笑盈盈。

你是月亮我是星，微风飘荡伴我行；
星星点点拥抱你，凝神贯注最钟情。

你是月亮圆圆形，银盘高悬在空中；
摇摇摆摆多华贵，星空映照真通明。

你是月亮我是星，星与月亮相随行；
相映成趣最娇美，欲下人间觅爱情。

月亮星星互爱慕，岁岁年年景不同；
不离不弃永相伴，五谷丰登享太平。

写于 2021 年 10 月 20 日

忘 不 了

有一种草，叫含羞草。

碰一下枝叶，它含羞低头，

让人不禁心生爱怜。

有一个人，叫忘不了。

忘不了她的容颜，忘不了她的微笑。

忘不了她的舞步，忘不了她的歌声。

忘不了她的敬业，忘不了她与我的友情。

忘不了，在那异常繁忙的岁月，

我们一起开会一起加班。

一张张稿纸墨迹未干，

一版版报纸清样已摆面前，

抬头望时针指向下一点。

又一个不眠之夜啊，

流下多少汗水，留下多少忙碌的纪念。

忘不了，在那乌云翻滚的日子里，

有的人造谣生事，有的人恩将仇报，

有的人冷眼旁观。

而你，一直是那样微笑，

一直是那样热诚，一直是那样刚健。

这是检验一个人的意志，

这是测试一个人的良知。

面对多少闲言碎语，面对一次次调查审计，

你始终高昂着头，你始终坚信老友清廉。

你比起那些见风使舵的小人啊，

更显高贵青松入云天。

忘不了，

这是朝夕相处并肩作战的战友情。

忘不了，

这是肝胆相照无私无畏的同事情。

忘不了，

这是爱社如家坚守信仰的真理情。

忘不了，一场恶仗硝烟散去，

乌云飘飞，阳光四射，

一切恢复了原状，

咱依旧挺立傲然。

那些无事生非的小人啊，

一个个像泄了气的皮球，

只好黯然无趣地走开，

一时的喧嚣重归秩序井然。

忘不了啊，忘不了！

这就是职场上的恶浪浊流，

这也是邪与恶、美与丑的交战。

如今已过去十八载，

此情此景此人此事，

仍如电影一幕幕闪现。

刻骨铭心的往事啊，

怎不让我感慨万千！

写于 2021 年 2 月 25 日

痴　情
——梦亡妻

不知何故，昨夜失眠。

眼前有一个倩影晃动，

那么靓丽，那么熟悉，

令我的思潮奔涌，心海波涛滚翻。

远飞的大雁啊，是否平安？

夜里入睡，是否香甜？

不知何日飞回京城家园。

透过厚厚的窗帘，看到一丝亮光，

那是预告不久的黎明，

盼早春的黑夜迎来光天。

那是日思夜盼的情愫，

愿梦想成真，拥抱归来的大雁！

写于 2022 年 2 月 18 日深夜

再婚二十年

斗转星移，光阴如梭，

转眼间，我们再婚二十年。

人生如梦，如诗如歌，

不知不觉年半百，步入古稀夕阳天。

回首七千三百日，几多欣欢与浪漫。

有多少次并肩漫步，有多少次同游公园；

有多少次一起买菜，有多少次相随遛犬。

有多少次去看电影，有多少次城墙依恋。

夫人善做红烧肉，清蒸鲈鱼很讲究；

醋熘土豆味道美，海带炖肉有风味。

每逢节日有惊喜，十多口人聚方庄；

天伦之乐全家福，夫人虽忙心欢畅。

那年住院做手术，夫人日夜在陪护；

历经风雨情更深，令我难忘铭记心。

夫妻好比同林鸟，携手同心筑爱巢；

若想家庭更和睦，理解宽容最重要。

今年五二再婚日，相约同去丰泽园；

一瓶啤酒四个菜，举杯共餐做纪念。

祝愿再过二十年，夫妻再聚丰泽园；

人生苦短实不易，夫妻恩爱万万年。

写于 2023 年 2 月 21 日

*
追忆篇

红薯，救星也

二十世纪六十年代初，

是一段不堪回首的岁月。

连续三年自然灾害，

老百姓日子很艰难。

不只是买啥都要票，

农村娃连红薯也吃不上。

老家把红薯叫地瓜，

靠雨水和汗水长大，

一天天伸叶长茎，

长成了救命的口粮。

我吃着地瓜干长大，

靠红薯秧度过饥荒。

后来参军进京提干，

日子一天天好起来，

看到红薯却反胃，

长年不想尝一尝。

有天作协开大会，

自助餐上来烤红薯，

转眼全被抢净光。

此情引我细思量，

眼里不禁闪泪光。

好了疮疤莫忘痛，

儿时救星怎能忘，

自此对红薯添感情，

似见恩人话短长。

平日市场去买菜，

红薯成了必选项。

蒸了吃熬稀饭，

几天不吃想得慌。

富裕莫忘苦日子，

能屈能伸则刚强。

愿红薯不因价格低廉而自卑，

也莫因成为餐桌"新贵"而张扬。

红薯毕竟是红薯，

美味佳肴谁不想。

人贵不忘昔日苦，

救星红薯恩情长。

与时俱进继传统，

艰苦朴素永向阳。

写于 2020 年 11 月 11 日

重游龙潭湖

迎着灿烂的朝阳，

迈着矫健的步伐，

去当年晨练的龙潭湖，

踏青赏花忆旧，

别有一番滋味在心头。

当年入伍到北京，

龙潭湖陪伴我成长。

当东方露出曙光，

我已绕湖跑了两圈。

豆大的汗珠挂满脸，

浸湿了头发和衣裳。

那是英姿勃发的青春季，

龙潭湖留下我数不清的脚印，

也萦绕变幻着五彩的梦想。

从干事到科长，

我在龙潭湖畔的北空军营，

度过了火热难忘的十三年。

龙潭湖像一座摇篮，

伴我读书写作考大专，

给我信心与力量，

使我最终落户首都，

成为国家部委的正厅级干部。

三十年后重游龙潭湖，

她的面貌已天翻地覆。

树更多更粗，

花更美更艳，

水更深更清，

路更平更宽。

熙熙攘攘的人流啊，

洋溢着幸福的笑颜。

我特意凝望那处假山，

虽已封闭难以驻足，

但当年多少个清晨，

我躲在它的身后，

忘情地背考题记答案。

那情景那股劲儿啊，

铭记于心犹如昨天。

重游龙潭湖，

感慨有万千。

多少回忆在重现，

多少战友总怀念。

龙潭湖啊龙潭湖，

你是祖国日新月异的缩影，

你是北京多彩多姿的见证。

今生永远难忘却，

我把你像宝贝一样珍藏在心中。

写于 2021 年 4 月 9 日

贤　妻

夜深沉，在梦乡，

见到去世二十一年的贤妻，

我有满腹的话儿要对你讲。

你是我的初恋，

我俩风雨并肩数十年，

你虽驾鹤西去不得见，

但你的恩你的情，

如黄河奔流永不断。

你是那么贤惠，

你是那么勤俭；

你是那么善良，

你是那么美艳。

典型的贤妻良母啊，

怎忍心走得那么早那么远。

猛然间打开记忆的闸门，

想起诸多铭心刻骨的往事，

异常清晰浮现在眼前。

那是"文革"内乱的年代，

你我中专毕业分配到新汴河工地，

我在地区指挥部政治部办战报，

你在泗县湖沟区做财管。

一次工地放电影，

久别重逢倾心交谈。

两颗心紧紧地靠在一起，

自此约定命运相连。

宣教科的同事热心策划，

送我俩一本毛主席语录，

散了几斤喜糖，

敬了一圈香烟，

唱了一首《北京的金山上》，

说了一些热情洋溢的祝愿。

算为我俩举办了婚礼，

农校里扮演我未婚妻的你，

终于和我喜结良缘。

"文革"的烈火在神州大地点燃，

国务院明令新汴河工地不搞"四大"，

也难免弥漫着派性的硝烟。

不平静的日日夜夜，

激烈纷争武斗连绵，

促使我毅然投笔从戎，

走进军营换新天！

你连夜从百里之外赶来，

为穿上军装的丈夫送行。

那是怎样的一种情景啊，

你趴在我的怀里，

用手狠狠拍打着我的后背，

一会儿呜呜地哭，

一会儿含泪地笑。

责怪我不该参军把你瞒。

你为我整了整崭新的军装，

送给我一支自来水钢笔，

嘱咐我在军营勤学苦练，

要我每周写信报平安。

说罢响起一串银铃般的笑声，

这笑声很熟悉，这笑声特甘甜；

如同催征战鼓，又似美妙歌谣，

目送军列赴京城，助我激情信心满。

柳树翠绿枝条展，麦浪滚滚笑开颜。

军营生活三个月，大女迎辉降人间，

部队补助五十元，特批探亲十五天，

新兵蛋子回故里，吾与妻女喜团圆。

妻子正在休产假，身体虚弱蜡黄脸；

见我突然到眼前，灿烂笑容乐翻天。

假期还余三天满，你又催我营房返。

新兵刚当能探亲，首长关怀三冬暖；

莫负爱妻一片心，提前归队再苦练。

一年一度探亲假，妻子携女到北京，

每天精心做饭菜，等我回来共品尝。

待到送她去车站，手拉皮带泪涟涟，

千叮咛啊万嘱咐，知心话儿说不完。

那份情，那份爱，那份不舍欲肠断。

目送妻女上火车，深知重任担在肩；

自此横下一条心，辛勤耕耘早提干。

实弹射击得优秀，多篇消息报上见。

团里表扬又嘉奖，入党提干皆顺畅。

迅即调进宣传部，军区空军更繁忙。

待到当兵第九年，破格提拔成副团。

妻子儿女四口人，随军进京把家安。

那时工资都不高，月月手头闹饥荒。

妻子见状费思量，夜里加班缝衣裳。

一床被面两角钱，一月能挣十几元。

贴补家用很给力，每顿四菜一个汤。

如今回首那年月，贤妻辛劳怎能忘。

转眼到了九三年，我已转业做京官。

中央党校正培训，你为迎春治病忙。

每天夜里守病床，一日三餐变花样。

为了女儿早康复，两鬓日渐染秋霜。

等到迎春出了院，你患重病非寻常。

协和医院速抢救，半身偏瘫出病房。

从此落下难治疾，血液透析度时光。

六年之后撒手去，让我愧疚又悲伤。

人生苦短实不易，夫妻情深似海洋。

阴阳相隔二十载，偶尔梦中话短长。

但愿贤妻一切好，天堂安息笑声朗。

人间天上共相守，年复一年都安康。

写于 2021 年 4 月 23 日

回望军营

岁月如梭，脚步匆匆，

转眼间离开军营三十六年，

但当八一节日将临时，

往昔沸腾的军营生活，

仍一幕幕浮现不能忘。

那是激情似火的年代。

为了靠写作改命运，

月亮升起来，营区静悄悄，

战友们打着呼噜入梦乡，

我却在筛选写作素材。

写消息写故事写通讯，

马大嫂当了队长参谋，

登上《人民日报》第四版，

喜讯从军营传遍四方。

北空指令快提干，

派我来到警卫连；

摸爬滚打很艰苦，

胸怀理想苦也甜。

深夜查哨回连队，

放下枪杆挥笔杆，

一杯浓茶伴月亮，

彻夜不眠耕耘忙。

苹果树旁讲哲学，

《解放军报》登头版。

苍天不负苦心人，

入党提干很顺畅；

换上崭新干部服，

泪水夺眶湿衣裳。

想起超龄去参军，

瞒妻报名自主张，

只为入伍能提干，

妻女生活有保障。

回望军营十六载，

点点滴滴记心上。

由班长升干事，

从干事到科长，

妻儿四口随了军，

落户北京喜洋洋。

夜幕垂下细思量，

人生苦短不寻常；

喜迎八一建军节，

感谢军旅党培养。

祝愿强军新时代，

一代更比一代强；

枪杆永听党指挥，

保国安民斩豺狼。

写于 2021 年 7 月 30 日

怀念周总理

每逢 1 月 8 日，

便想起敬爱的周总理。

您青年投身革命，

冲破多少枪林弹雨。

当宣告新中国成立，

您当选人民的好总理。

从此中南海的西花厅，

朝朝暮暮，春夏秋冬，

深夜的灯光明亮不息。

您日理万机，鞠躬尽瘁，

尤其在"文革"的艰难岁月，

您殚精竭虑，苦撑危局。

就是身患绝症，

仍无私忘我，守护着共和国的大厦，

保卫着人民的权益。

敬爱的周总理，

您是中国共产党的骄傲，

您是中国人民的主心骨，

您是中华民族璀璨的巨星，

您是十四亿多中华儿女的旗帜。

我们永远铭记您的恩情，

您那英俊挺拔的身影，

您那高风亮节的英名，

将永远活在我们的心里。

写于 2022 年 1 月 2 日

120

悼廷柱

相识廷柱数十载，音容笑貌记心怀。

当年报社送稿件，廷柱微笑忙接待。

待人纯朴人缘好，编稿撰写笔头快。

可惜昨日驾鹤去，阴阳两隔悲涌来。

写于 2023 年 3 月 10 日上午 9 点 20 分北京医院

痛悼恩师

盛夏气温如蒸笼，只觉胸闷气不宁。

忽闻恩师薛兆普，驾鹤西去心悲痛！

人生苦短似梦境，恩师情谊铭心中。

情同父子数十载，今日从此不相逢！

阴阳相隔难再见，音言笑貌伴我行。

人生自古谁无死，永做恩师好学生。

写于 2023 年 6 月 27 日晚 8 点 27 分

哭天荣

昨接电话闻噩耗，天荣驾鹤西天行。

悲痛至极泪湿襟，往事历历如潮涌。

弹指一挥六十春，吾与天荣同校园。

他任班长我班委，如同兄弟一样亲。

"文革"串联进北京，西廊小学睡草席。

毕业实习上汴河，并肩奋战在河堤。

砀山总队搞调研，朝夕相处一年半。

六八参军挥泪别，北京欢聚笑开颜。

岁月匆匆数十年，历次回宿皆相见。

本约明春宿州聚，岂料相约成空谈。

人海茫茫识天荣，终生难忘挚友情。

远在京城难送别，仅作此诗表悲痛。

感佩学友去告别，代我凭吊送天荣。

期盼祥珍多保重，明春回宿再重逢。

写于 2024 年 7 月 8 日晨

*

抒怀篇

美

美有许多种，

美的花朵，美的风景；

美的容颜，美的装扮；

美的行为，美的心愿。

早春二月，上午十点，

我看见一位年轻女性，

瀑布似的黑发披肩，

戴着一副白边眼镜，

手提淡黄色的纸袋，

行走在南三环路边。

不时捡起枯枝败叶，

又一次次蹲下，

捡起路上的烟头和纸片。

她的动作温柔轻盈，

她的行为自觉自愿。

刹那间，

我的眼眶有点湿润，

心底涌起钦佩的情感。

这位年轻漂亮的女子，

分明不是清洁工，

却不怕脏累默默奉献。

她的举动看似平凡，

却让人钦佩很不简单！

她有着一颗美好的心灵，

多么纯洁，多么亮丽，

多么令人肃然起敬。

写于 2021 年 2 月 20 日

舞曲悠扬

晚饭后的休闲时光，

平坦广阔的体育广场，

一对对舞者携手，

一首首舞曲悠扬。

平四慢四快三伦巴，

探戈蹦四交替回响。

甩掉白日的苦累，

抖落一天的繁忙；

欢快舞步伴着乐曲，

在广场上奔放流淌。

周围有许多看客，

观赏拍照议论，

不晓得持何种心肠。

顾不上别人咋看，

不理会口舌短长，

尽兴潇洒地跳啊，

享受人间的天堂。

舞曲悠扬，舞步流畅，

一曲又一曲，

跳得汗流满面，

舞得笑声朗朗。

舞是有氧运动，

曲是耳熟能详，

人是似曾相识，

同为欢乐奔忙。

让舞曲惊动树上的飞鸟，

愿看客露出善意的目光。

舞吧舞吧舞吧，

抖落浑身的疲劳，

忘却诸多的忧伤；

舞出健壮的体魄，

跳出青春的芬芳。

人生难得有一乐啊，

何不伴随着舞曲，

翩翩起舞尽狂欢！

流下纵横的汗水，

谱写友谊的华章。

写于 2021 年 3 月 9 日

为勇士们哀悼

2021 年 5 月 22 日，

甘肃黄河石林山地马拉松赛，

在一片欢呼声中开跑。

原本阳光灿烂彩旗飘飘，

勇敢善战的"飞毛腿"们，

斗志昂扬信心满满，

不料气候突变，

狂风怒吼漫天冰雹。

"飞毛腿"健儿体温骤降，

一个个难以前行轰然卧倒。

最终二十一位勇士丧失了生命，

沉痛的悲剧震惊云霄。

面对灾难认真反思，

白银市市长鞠躬哀悼，

承办公司后悔莫及，

上级问责重罪难逃。

一条条鲜活的生命逝去，

一个个家庭悲痛哀号。

我们痛心疾首，

为逝去的勇士哀悼；

我们强烈呼吁，

类似的悲剧绝不重演，

未来的赛事平安确保！

写于 2021 年 5 月 28 日

为小少年喝彩

读了邱玲娜的六一散文，

禁不住心潮澎湃眼圈湿润。

一字字一行行，

抒发心中的欣慰与喜悦；

一字字一行行，

述说宝贝儿子的懂事与乖巧。

妈妈爱儿子天经地义，

家风家教格外重要。

从这篇童言稚嫩的散文中，

看到了父母作为孩子的榜样，

宝贝儿子值得骄傲。

年仅 7 周岁，

还是不懂世事的毛孩子，

每天认真做作业，

不让妈妈费心去管教。

居然问妈妈要党徽，

渴望成长惹人喜上眉梢。

多么优秀的妈妈，

多么可爱的儿子；

多么值得庆贺的喜事，

多么令人羡慕的家教。

衷心祝福全天下的妈妈，

用心血与汗水，

管教出好儿女。

殷切期望全中国的少儿们，

都像玲娜的宝贝儿子一样，

天天向上，健康成长，

未来成为祖国的栋梁。

写于 2021 年 6 月 1 日

喜看"神舟十二号"上太空

6月17日9时22分，

东方巨龙飞太空。

聂刘汤三英雄，

沉着镇静神操作，

首次完成飞船交会对接，

顺利进入天和核心舱，

将按计划在轨驻留三个月，

以浩瀚太空为床，

与美丽嫦娥做伴。

这是我们探索宇宙的新起点，

亦是我们不懈追求的航天梦。

自力更生自主创新是灵魂，

群策群力攻关克难是法宝，

十四亿多国人同心同德守望相助是后盾。

站在新时代，

展望新航程，

我们力量倍增，

我们豪情满怀。

在喜迎建党百年的日子里，

我们众志成城，目光如炬，

中华科技将实现新跨越，

伟大复兴的中国梦指日可待。

写于 2021 年 6 月 18 日

野象旅行记

地球那么大，世界很精彩，

一群野象十四头，

相约离家外出走。

这是一次"胆大妄为"的行动，

也是一次备受照料的旅程。

十四头野象冲出原始森林，

大摇大摆行进在国道上。

它们饿了钻进玉米地，

玉米棒子成了可口的食粮。

善良的农民虽心疼，

但仍善待来自远方的不速之客。

这群野象爬丘陵涉小河上公路，

旁若无人摇头晃脑肆意玩耍，

好不威风，好不快活！

它们吃得饱喝得足，

也睡得安稳舒服。

天上有无人机保护，

地上有林草局专家引路，

就这样"横行霸道"，

足足旅行了十七个月，

居然还生下三头小象，

发展壮大了"旅行团"队伍。

这是新时代的群象之旅，

亦是万分新奇百年未遇，

彰显出人与野象的和平共处。

近来这群不请自来的野象，

看遍了云南的七彩祥云，

吃遍了广阔原野的美味佳肴，

带着满足与快意，

携幼儿开始返回原地。

大象回家了！

喜讯像长了翅膀飞遍大江南北，

人们祝愿在七夕来临的日子，

这群野象重回故里，

在大自然的怀抱中，

快乐生活繁衍生息。

写于 2021 年 8 月 14 日七夕节

抒写人民史诗

——热烈祝贺中国文学艺术界联合会第十一次全国
代表大会开幕

时值北京深冬，

本应千里冰封，

但中国文联和中国作协代表大会开幕，

为寒冷的京城吹来阵阵春风。

庄严雄伟的人民大会堂，

三千余位文艺界代表，

满怀激动和喜悦，

聆听习总书记的重要讲话，

作为中国作家协会的一分子，

感到兴奋和光荣。

党视文化艺术为软实力，

培育德艺双馨文化新人，

号召生产优质精神食粮，

倡导文学艺术守正创新。

我们要牢记总书记教诲，

坚定政治立场，坚守文化自信；

与党同心同德，与民休戚与共；

思人民之所需，歌人民之所爱；

创造人间文艺瑰宝，勇攀文学艺术高峰；

向世界讲好中国故事，向全球传播中国声音。

让我们响应党中央的号令，

奔向火热的城乡基层，

寻觅新的创作源泉，

用心血汗水与智慧，

构造新时代的精品大厦，

装扮祖国文化艺术的绚丽天空。

为实现中华民族伟大复兴的中国梦，

信心百倍，昂首阔步，

开启文艺灿烂的新征程。

写于 2021 年 12 月 15 日晨

北京，我骄傲

北京，历史灿烂。

北京，伟大首都。

北京，成就辉煌。

北京，双奥之城。

2008 年夏奥会，

开场精彩，圆满成功。

向全世界展现了，

北京的科技，

北京的文化，

北京的热诚。

北京，是祖国的瑰宝。

北京，是中国的象征。

时隔十四年，

2022 年冬奥会，

即将在北京拉开帷幕，

这是又一场世界体育竞技的盛会，

北京将向世界展示新的面容。

我们坚信，

2022 年的全球冰雪盛会，

将以更加威武的身姿，

为世人留下美好记忆，

取得更加圆满的巨大成功。

写于 2022 年 2 月 3 日晨

小牛下跪

小牛被买主牵走，

或耕地，或被吃肉，前途未卜。

突然，十步之遥，

小牛掉转回头，几步走到主人跟前，

先用舌头吻一吻主人的手，

接着前腿跪下，含泪与主人告别。

这一跪，是吻别，是报恩，是不舍。

啊，动人心魂，催人泪下。

谁说牲畜没有思维？谁说草木没有感情？

小牛的这一跪，跪出了千言万语，

令主人顿生怜爱，

禁不住抱住小牛的头，

泪水盈眶心难平。

决意不再售卖，牵回家继续喂养。

这是多么难忘的一幕，
亦是人间难舍的真情。

写于 2022 年 6 月 4 日

贺"神舟十四号"升太空

神舟三人组，奉命上太空。

挥手微微笑，脸上飞彩虹。

十时四十四，发射号令行。

平地一声吼，神舟跃苍穹。

星辰歌荣耀，神州赞成功。

写于 2022 年 6 月 5 日 11 点 59 分，"神舟十四号"已
发射成功

为纸媒体祈福

纸媒体让我改变命运，

纸媒体给我带来荣光，

纸媒体伴我走南闯北，

纸媒体助我忠心向党。

纸媒体曾经的辉煌不再，

怎不让我心怀感伤！

纸媒体是中华文化的载体，

历史悠久源远流长。

纸媒体是党的喉舌，

宣传党的政策主张，

把喜讯传遍四面八方。

讲好中国故事，

传播中国声音，

为构建人类命运共同体，

辛勤耕耘奉献力量。

纸媒体啊纸媒体！

互联网的无情冲击，

使你失去了往日的容颜，

发行量下滑广告剧降，

收益减少令人心慌。

三十年河东，

三十年河西，

科技进步日新月异，

历史车轮不可阻挡。

我盼纸媒体重振雄风，

在新时代新征程上，

与时俱进硕果飘香。

写于 2022 年 8 月 14 日

讨 债

维权六年无结果，
盼回本金一场空。
回首理财伤心事，
满腔悔恨问苍穹。
敏功一行特辛苦，
风风雨雨不言痛。
出借同人致敬意，
但愿追讨能成功。

写于 2024 年 10 月 7 日京城

贺"神舟十五号"发射成功

昨夜太空添新星，五湖四海皆欢腾。

航天科技展英姿，亿万人民同欢庆。

六位英雄喜会师，竖起拇指庆成功。

太空拥抱大合影，美妙瞬间史册中。

写于 2022 年 11 月 30 日上午 10 点 20 分

150

夜观世界杯足球赛

夜不能寐观虎斗，绿茵场上鏖战急。

德国日本争胜负，风云突变逗球迷。

双方争抢拼"刺刀"，横冲直撞欲破门。

德国前锋被绊倒，获罚点球一比零。

以为德国应能胜，岂料球场刮旋风。

日本扭败拼性命，连进二球逆转赢。

如此结局很意外，多少彩票成泡影。

人生球赛同一理，成败竟在瞬间生。

写于 2022 年 11 月 23 日夜 12 点 1 分

半决赛掠影

凌晨三点起狼烟，阿克争斗非等闲。

梅西点球疾如风，瞬间领先一比零。

分针游走三分钟，阿队小将似蛟龙。

闪挪腾跃走偏峰，皮球应声入网笼。

半场两球处下风，克罗地亚欲冲锋。

忙中出错梅西到，禁区妙传三比零。

阿队守胜频换将，克队强攻难掠城。

情急之下又犯规，险象环生惊观众。

眼见鸣哨到终场，克队抱恨难求生。

补时总共五分钟，胜负成败已分明。

阿队冲进决赛圈，球星梅西笑盈盈。

写于 2022 年 12 月 14 日晨 4 点 56 分

法摩对垒赋

夜幕低垂已凌晨，球迷目光盯绿茵。

法摩两军今对垒，鹿死谁手待鸣金。

赛前预测语纷纷，多论法国胜券稳。

凌晨失眠难安睡，索性起床过球瘾。

打开屏幕观实战，法队优势处上风。

开场不足五分钟，率先进球一比零。

摩军曾拔两颗牙，阵容经验皆颇丰。

岂料开哨刚热身，突然丢球惊掉魂。

战至半场二十分，摩队调兵在换人。

法军球技更老道，传切带球如行云。

三番五次闯禁区，一脚抽射撞框滚。

两军中场拼劲狠，人仰马翻犯规频。

摩洛哥队不示弱，突施倒钩险破门。

半场休息重开战，绿茵战火又加温。

巴佩断球冲球门，摩军铲球放平身。

153

法国总统马克龙，端坐球场督三军。

球员愈战愈凶猛，冲锋浪急如潮奔。

摩队抖擞齐奋战，屡冲禁区无功返。

激战七十二分整，法军一球仍领先。

此时摩军又换将，法队断球过中场。

三转两递到门前，皮球疾飞进球网。

总统起立拍掌笑，眼瞧胜利已在望。

八十四分任意球，摩队难破进球荒。

光头主帅吹口哨，鼓励弟子速拼抢。

半场补时六分钟，法军铁臂筑铜墙。

摩队始终无起色，球迷泪洒绿茵上。

主裁鸣哨大战止，法军挺进决赛场。

隔日对战阿根廷，谁夺冠军谁最强。

写于 2022 年 12 月 15 日 4 点 57 分

忆旺仔

题记：旺仔是只流浪狗。十五年前的一天中午，夫人高丽和女儿雯雯在小饭馆里吃云南米线。小家伙趴在夫人脚边不离开，等着吃娘儿俩扔下来的细肉末。吃罢饭，母女俩往家走，它相隔几米远一步一步跟着走。娘儿俩停下，它停下；娘儿俩上了一座桥，它也跟着爬，一直走了有一里路。娘儿俩到家，它还死皮赖脸不离开。看到家里来了一只脏兮兮的小狗，厚厚的黑嘴唇，浑身淡黄色的皮毛，四只蹄子毛色雪白，两只眼睛乌黑闪亮，特别讨人喜欢，看上去是一只典型的名犬串。我以为是别人家的宠物，坚持让夫人把它送回去。娘儿俩把它引到二里外的方庄桥，刚偷偷回到家，没想到这只小狗早已捷足先登，趴在了家门口。于是，我们只好收留它两天。第三天楼下有人娶媳妇，女儿雯雯牵着小狗到楼下看热闹，不承想鞭炮一响，它突然挣脱狗绳疯狂地奔跑。三个多小时也未回来。娘儿俩以为它吓跑了，出去找了半天未见踪影，只好作罢。然而，当我晚上七点多钟回到家，它居然自己爬上十楼趴在家门口。天知道它是怎么上来的，是跟人坐电梯，还是自己凭着灵敏的嗅觉一楼一楼地上来，反正不得而知。既然如此有缘分，我们只好将其收留，并起名"旺仔"。自此，旺仔在我家好吃好住过上了"小康"生活，天长日久与我们产生了亲人般的感情。旺仔来我家十三年多，来时看牙口约半岁，到走时已有十四岁，我们至今还很想它。为此，夫人给旺仔拍了张彩色照片，置入精制的镜框内，就放在家门旁的小橱柜上，让我们天天能看到它，也算是一种陪伴与思念吧。

初五旺仔突病亡，留下思念心忧伤。
旺仔来家十三载，结束流浪幸福来。
这小家伙好可爱，奔跑如飞很气派。
儿子养只萨摩耶，有天来家陪它玩。
旺仔英雄又霸气，带着萨摩上三环。
三辆汽车急刹车，萨摩腿肉掉一块。
邻居买只海棠兔，旺仔好奇去狂追。
猛追疯跑三五回，累死兔子树下埋。
公寓有条小公狗，见着雌性滥施爱。
旺仔吃醋忙救援，咬破屁股真厉害。

有年旺仔找媳妇，三夜四天未回来。

东找西寻不见影，以为从此浪在外。

未料友人报喜讯，躲在饭馆啃猪排。

夫人怕它又惹祸，请医摘掉两蛋蛋。

自此守家学得乖，再不惹事挺自在。

我俩青岛去探亲，宠物店里养起来。

旺仔数日搞绝食，饭碗咬碎很无奈。

店主急忙打电话，我们匆匆赶回来。

见到夫人很惊喜，两眼含泪扑入怀。

弹指一挥十几年，点点滴滴皆精彩。

十个月前患重病，腹腔积水苦难挨。

旺仔坚强不愿走，针头抽水一大罐。

一次三百五十元，又服药丸四五片。

总共抽水十五次，一声不吭硬忍耐。

浑身瘦得皮包骨，让人心疼又怜爱。

吃厌鸡肝买牛排，隔天五个羊肉串。

无微不至医心冠，直至初四起不来。

如今走上黄泉路，自此豪横已不再。

想起旺仔心痛惜，人与宠物情似海。

写于 2023 年 1 月 26 日上午 10 点 30 分

沙尘袭京城

漫天灰蒙蒙，沙尘袭京城。
狂风拉哨响，树枝鸟难停。

本是踏青日，谷雨宜出行。
风沙不识趣，故意露狰狞。

万众情与共，植树筑绿城。
沙尘休逞强，艳阳映碧空。

写于 2023 年 4 月 11 日午后

我为何洒下热泪?

男儿有泪不轻弹，只因未到动情处。
看着新闻在播报，三列火车遇洪灾。
近千旅客困半路，不晓何日能离开。
武警抢险百姓帮，鸡蛋馒头满车厢，
分批转移有序走，热泪奔涌心澎湃。
肆虐汹涌洪水中，冲锋舟驰破浪行。
救援队员爬楼上，奋力营救小男童。
漫过胸口洪水里，背着老太艰难行。
落坡岭上一居民，为救旅客累成病。
老人心脏装支架，冒险南山做义工。
七十多岁老两口，家里食品皆掏空。
热情似火待旅客，菜园黄瓜全摘净。
北部战区直升机，投送食品众欢迎。
…………
幕幕感人场景，令吾热泪奔涌!

这是党的阳光温暖，这是人民大爱深情；

这是永难忘怀的一幕，这是人定胜天的证明。

让我们把双手举过头顶，向洪灾中舍生忘死，

救援旅客最可爱的人，表示慰问和崇敬！

祝愿最可爱的人，一生健康平安；

祝愿伟大祖国，永远繁荣昌盛。

写于 2023 年 8 月 3 日中午

节令篇

立　春

冷冽的风已吹够，温暖的春将来临。

迎春花悄悄绽开淡黄色的花蕾，

柳枝条默默萌动翠绿色好青翠。

一天之计在于晨，一年之计在于春。

春耕春种五更起，迎春惜春农耕勤。

牛年春回大地早，立春万木抖精神。

春眠不觉晓，百花传捷报。

布谷声声催耕忙，呢喃展翅燕归巢。

长城内外抓防控，大江南北传捷报。

展开春的蓝图，抒发春的自豪。

挥起春的臂膀，洋溢春的欢笑。

期盼春的灿烂，希冀春的美妙。

春风春阳焕新姿，春暖花开看今朝。

春潮澎湃奔腾急，春华秋实庆丰笑。

写于 2021 年 2 月 2 日

惊　蛰

惊蛰节气到，百虫皆活跃。
人勤春更早，春雷震耳闹。

柳枝绽新芽，万物齐欢笑。
迎春花盛开，草长燕出巢。

惊蛰学雷锋，伟人发号召。
万众齐响应，全国树新风。

正值开两会，喜气扑面来。
惊蛰复惊喜，精彩开新局。

写于 2021 年 3 月 5 日

春 之 颂

冬去春来，万物复苏，

春风拂面，春雨潇潇。

春眠不觉晓，莫道君行早，

春天很宝贵，春季要抓牢。

抓紧春耕，抓紧播种，

抓紧付出，抓紧读书。

少壮不努力，老大徒伤悲。

一寸光阴一寸金，寸金难买寸光阴。

乘着春风奋扬蹄，一路奔跑不停息。

汗水掉地摔八瓣，迎来秋日遍黄金。

写于 2021 年 4 月 1 日

清　明

四月四日是清明，火车轮船满载行。

八方儿女返故里，烧香祭祖忙不停。

中华敬老好传统，清明扫墓是孝行。

摆上点心和美酒，父母坟上磕个头。

养育之恩深似海，没齿不忘骨肉情。

清明清明复清明，一年一度上坟茔。

春风春雨好时节，孝心孝道永传承。

细想父母真不易，盼儿成龙女成凤。

如今一别五十载，阴阳两隔不知情。

报告父母放宽心，儿女子孙皆安宁。

写于 2021 年 4 月 1 日

鹊桥情

七月七日情人节，古有鹊桥喜相逢。

牛郎织女苦相思，浓情蜜意爱情浓。

休说男女有情愫，就是草木也有情。

手指触摸含羞草，羞羞答答情未了。

当下男女分两地，相思之苦藏心底，

工余饭后想会面，视频相见泪欲滴！

男欢女爱寻常事，人间真情遍环宇。

而今忆及初恋情，一生一世记心底。

但愿七夕长相忆，健康幸福无绝期。

写于 2021 年 8 月 13 日

中元节有感

道教有三元，中元祭祖先。

中元节在七月半，敬祖尽孝先辈传。

八月中秋收割忙，大豆高粱都上场。

籽粒饱满五谷丰，男女老幼喜洋洋。

丰收莫忘祖先恩，中华美德须传扬。

带上锦衣与玉食，备上烧酒红高粱。

祖先坟前下跪拜，一片孝心告天堂。

期盼上苍施恩典，风调雨顺人兴旺。

盼望祖先佑晚辈，一年更比一年强。

喜看当今新时代，国泰民安新气象。

亿万民众遵孝道，薪火相传铸辉煌。

写于 2021 年 8 月 18 日

忆中秋

月亮悄悄爬上来，思绪翻腾心澎湃。
少时中秋有娘在，一家老少乐开怀。

如今娘亲已不在，欲想孝敬很无奈。
孩子离乡千里远，盼妹坟上拜三拜。

今儿中秋喜盈盈，回首来路心难平。
辛勤耕耘半世纪，守得云开月儿明。

中秋本是团圆日，海峡两岸阴云浓。
期盼苍天施恩典，骨肉同胞得团圆。

写于 2021 年 9 月 20 日中秋节前夕

寒　露

寒露至，天渐冷，
晨夕有点凉。
添件衣，增温暖，
平安度寒霜。
已夕阳，多保重，
年年皆健康。
秋将尽，冬不远，
瑞雪呈吉祥。

写于 2021 年 10 月 8 日

立 冬

今日立冬气候冷，雨雪交加袭京城。

枯枝败叶铺满地，多添衣裳防生病。

纵然严冬不好过，四季轮回天注定。

如同人生无坦途，冰雪消融艳阳红。

写于 2021 年 11 月 7 日晨

过　年

从记事那一天，常常盼过年。

过年张灯结彩，

过年杀猪宰羊。

过年蒸馒头点红点，

过年穿上新衣裳。

过年给长辈磕头，

得到几分压岁钱。

那时忧愁不知味，

总盼红红火火过大年。

过去一年又一年，

岁数年年往上蹿。

长大了，上学了，

参军了，提干了，

结婚了，进京了，

儿女渐渐长高了。

此时方知过年不简单，

过年不只是阖家团圆吃大餐，

过年不只是推杯换盏干干干，

过年不只是欢欢乐乐享清闲，

过年要把孝道和责任一肩担。

过完一年又一年，年年相似不平凡。

苦辣酸甜尝个遍，坎坷自知在心田。

一路小跑不停步，为官一任非等闲。

青年中年到壮年，转眼之间已老年。

如今过年不再盼，淡然坦然挺自然。

2022是虎年，龙腾虎跃过大年。

眼见祖国更强盛，人民小康皆欢颜。

无奈地球不安宁，美国霸权逞凶顽。

期盼山河更壮美，期盼两岸得团圆。

期盼强军扬国威，中华振兴早实现。

写于2022年1月30日

春　分

春分时节春中分，
迎春花开柳枝嫩。
万物复苏蓄足劲，
迎来万紫千红春。

写于 2022 年 3 月 20 日

麦　收

仲夏时节，晚风习习。

明亮月光头上照，妈妈蹲地磨镰刀。

好像把月光溶进水里，刀磨得锃亮闪耀。

鸡叫三遍时，天已到拂晓。

妈妈领我进麦田，金黄麦穗弯着腰。

一望无际小麦田，麦穗晨中随风摇。

妈妈挥镰割麦子，满头大汗面微笑。

叔叔把麦子扎成捆，用牛车拉到打谷场。

艳阳之下赶毛驴，拉着石滚奋蹄跑。

麦秆压扁麦粒现，叔叔挥起长木锨，

抛向空中迎风扬，金黄色的麦粒啊，

唰唰唰地齐落下，转眼堆成小粮仓。

这是七十年前，农村麦收景象。

至今记忆犹新，想起泪水盈眶。

写于 2022 年 6 月 6 日芒种

立 冬

立冬立冬，扑面寒风。

疫情趋紧，莫要放松。

立冬立冬，四季分明。

秋去冬来，飞雪扮城。

乐送秋走，喜迎隆冬。

踏雪漫步，笑傲青松。

写于 2022 年 11 月 7 日

春 雨

春雨润万物，万物欲抬头；
抬头望远山，远山绿油油。

柳枝吐新芽，新芽伴百花；
百花竞争艳，争艳俏中华。

麦苗开新杈，新杈乐万家；
万家庆丰收，丰收满天下。

小草伸直腰，直腰望路人；
路人笑声脆，声脆万象新。

写于 2023 年 2 月 18 日雨水时节

小 满

麦穗压弯腰，点头微微笑。

一阵风吹过，麦浪似海涛。

突然天变脸，冰雹啪啪掉。

麦穗变光杆，农民泪水抛。

河北遇天灾，居京吾心焦。

靠天吃饭日，究竟何时了？

写于 2023 年 5 月 21 日晨

清明之问

不晓得人死后，有无灵魂。

不晓得人入土，可否转世。

不晓得地底下，是何情景。

只知道千百年，清明复清明。

如今进入新时代，人对生活有新解。

不少青年不结婚，更有青年不恋爱。

许多夫妻是丁克，不生孩子传后代。

若是再过三百年，不晓清明可无奈？

这是吾之问，这是世纪之问，

这是人间之问，这是清明之问。

叩问未来清明节，是否有人拜祖坟？

写于 2024 年 3 月 29 日晨

178

*

纪
念
篇

元　旦

今日过元旦，已是古稀年。

年年复年年，阖家喜团圆。

各自多珍重，亲情记心间。

待到再欢聚，笑谈如诗篇。

写于 2021 年 1 月 1 日

每当想起党的生日

每当想起党的生日，

多少伟岸的身影在脑海。

在那血雨腥风的岁月，

为了灾难深重的中华民族，

为了解救千千万万劳苦大众，

是他们冒着生命危险，

不惧风雨雷电，

不怕流血牺牲。

宁可吃尽千般苦，

也要解放全中国。

他们的功勋如日月，

他们的英名震山河。

每当想起党的生日，

多少先烈的高大形象屹立在眼前。

在那战火纷飞的岁月，

是他们举起炸药包，

一举炸毁敌人喷火的碉堡。

是他们隐藏在潮湿的草地，

哪怕烧成灰烬也绝不动摇。

是他们挺起血肉的胸膛，

迅猛堵住敌人狂射的机枪。

为了战争的胜利，

为了全国的解放，

他们洒热血抛头颅，

甘愿把年轻的生命献给党。

每当想起党的生日，

多少英模的名字回响在耳旁。

为了改变兰考的贫困面貌，

他数九寒天访农户，

封沙育林栽泡桐，

强忍肝痛奋斗到生命最后一息，

临终还嘱托亲友把尸骨埋沙丘，

要亲眼看到兰考人民过上好日子。

为了祖国甩掉贫油的帽子，

他战严寒饮狂风，

石油工人一声吼，

地球也要抖一抖。

他们敬业爱岗助人为乐，

对敌人像秋风扫落叶一样残酷，

对人民像春天般温暖，

把有限的生命，

投入到无限的为人民服务之中，

为全党全国树立了一代新风。

每当想起党的生日，

我当年入党的情景历历在目。

在军营里，

成为中国共产党的一分子。

半个多世纪过去，

是党的阳光雨露哺育了我，

使我一步步成长成熟。

即将迎来党的百年诞辰，

我热血澎湃激动异常。

"光荣在党五十年"纪念章，

将要戴在我的胸前。

要不忘初心牢记使命，

以无数英模为榜样。

高举中国特色社会主义伟大旗帜，

老当益壮跟着党！

为全国人民谋幸福，

为中华民族谋复兴，

为实现伟大的中国梦，

砥砺前行奋斗终生。

写于 2021 年 3 月 28 日

五四随想

五四青年节，历史已久远。
当年大游行，反帝反封建。
史上留英名，精神代代传。

今日新时代，青年换新颜。
紧跟共产党，描绘新画卷。
共圆中国梦，青年勇争先。

祖国更强盛，寄望众青年。
继承革命业，重任扛在肩。
永听党的话，红旗更鲜艳。

写于 2021 年 5 月 4 日

父亲节感言

今日父亲节，人间颂父爱。

父严子必孝，亲情深似海。

父爱像一把大伞，

为儿女遮挡狂风骤雨；

父爱像一盏明灯，

为儿女照亮前进航程。

父爱来自血脉，

父爱来自传承，

父爱来自甘愿，

父爱来自本能。

扪心自问想一想，

父亲无论年老或年轻，

谁不盼儿成龙女成凤。

人生苦短且漫长，

有春风浩荡阳光照耀，

也有坎坎坷坷风雨兼程。

父亲是家里的顶梁柱，

又是负重前行的老黄牛。

父亲为儿女付出的辛劳，

像那天上的星星，

看得见数不清。

父为儿女流血汗，

不求回报不张扬，

看着儿女长成才，

白发苍苍乐开怀。

若问这是为什么，

可怜天下父母心。

写于 2021 年 6 月 20 日

党哺育我成长

——贺中国共产党成立一百周年

生在旧中国，长在红旗下。

是谁让我翻身得解放？

是谁让我背起书包进学堂？

是谁给了我知识和力量？

是伟大的领袖毛泽东，

是伟大的中国共产党。

党是大救星，

在水深火热中解救了亿万劳苦大众；

党是启明星，

为灾难深重的中华民族指明航程。

党是开路先锋，

用马列主义的中国化，

让新中国快速发展巨龙飞腾。

党是新时代世界人民的希望，

构建人类命运共同体，

让世界大同在全球响应。

奏响中国乐章，讲好中国故事，

传播中国声音，提供中国方案。

这是中国共产党的责任担当。

值此建党一百周年，

党为我颁发了，

"光荣在党五十年"纪念章，

多么幸福，多么神圣，

多么自豪，多么荣光！

永远铭记党的教诲，

永远不忘党的培养，

永远记住来时路，

永远跟党奔前方。

古稀之年不懈怠，

竭尽绵薄之力，

爱党为党兴党。

不负党的期望，

努力为党争光，

把共产党员的鲜红胸徽，

擦得锃亮锃亮。

写于 2021 年 6 月 23 日

天安门广场的歌声

——观看庆祝中国共产党成立一百周年大会实况抒怀

红旗飘扬，队伍雄壮。

庄严广阔的天安门广场，

七万余名参加盛典的各方代表，

昂首挺胸，放声歌唱。

歌唱没有共产党就没有新中国，

唱响社会主义道路康庄宽广。

一曲又一曲，一首又一首，

发自亿万人民肺腑的歌声，

响彻天安门广场。

令山河起舞，令神州激昂。

为了中华民族伟大复兴，

为了祖国更加繁荣富强。

让我们紧跟习主席，

让我们听从党中央，

用中华民族的磅礴力量，

励精图治，同心同德，

开拓进取，再铸辉煌。

写于 2021 年 7 月 1 日

五谷丰登

男女老少扭秧歌，
棉田万顷白如雪，
神州处处凯歌扬，
欢庆农民丰收节，
长城内外五谷丰，
亿万人民暖心窝，
大江南北喜讯传，
家家户户笑开颜。

写于 2021 年 9 月 24 日

元旦抒怀

2021 即将过去，

新的一年就要到来。

冬奥会开幕在即，

残奥会接踵而至。

这是全球体育健儿的盛会，

亦是我国迅速崛起的见证。

过去的一年，

全球多处起战端，

新冠疫情在泛滥，

洪水无情事故频发，

可谓风雨兼程不平凡。

伟大的中国共产党，

喜迎百年华诞，

伟大的人民众志成城，

万里河山欣欣向荣。

十四亿多中华儿女喜迎二十大，

凝神聚力现代化建设跨骏马。

我们祝福冬奥会圆满成功，

我们意气奋发迈向新征程。

伟大的党更加坚强，

伟大的祖国更加繁荣昌盛。

写于 2021 年 12 月 30 日

雷锋精神颂

敬业爱岗，助人为乐，

把有限的生命，投入到无限的为人民服务之中。

雷锋精神代代传扬，

如金子般闪闪发光。

半个多世纪以来，

大江南北，长城内外，

响应毛主席号召，

学雷锋树新风，

雷锋精神赓续传承。

弘扬新时代的雷锋精神，

好人好事层出不穷。

这是中华民族优良品德的彰显，

亦是振兴中华共筑中国梦。

让我们高举学雷锋的旗帜，

为中华民族创造伟业丰功。

写于 2022 年 3 月 2 日

桃李芬芳

三尺讲坛，授课程，

传播知识，讲文明，

循循善诱，费苦心。

一丝不苟育新人。

人民教师人民爱，

桃李芬芳满目春。

每当教师节来临，

一位位恩师的笑脸，

清晰地映现在眼前，

禁不住心潮起伏泪盈眶。

人常说，师徒如父子，

学生与恩师的感情，甚至胜过父子。

俗话说，教师是人类灵魂的工程师，

此言千真万确。

千千万万人民教师，

怀着满腔忠诚，

用教案，用粉笔，

用语言，用知识，

用身教，用心血，

严谨细致，含辛茹苦，

春夏秋冬，朝朝暮暮，

从不懈怠，从不满足。

一茬茬桃李芬芳，

一批批英才报国。

这是人民教师的责任，

亦是人民教师的荣光。

愿尊师重教的优良传统，

在新时代大力弘扬。

祝愿老师们健康长寿，

培育出更多国家栋梁。

写于 2022 年 9 月 4 日

藏头诗

中国喜迎新时代，

华夏儿女乐开怀。

人心凝聚新征程，

民意共筑中国梦。

共建命运共同体，

和平发展促繁荣。

国泰民安颂党恩，

万家举杯贺国庆，

岁岁安康乐融融。

写于 2022 年 9 月 30 日上午举国欢庆国庆节前夕

记者节随想

一年一度记者节，回望征途怎能忘。

少时立志耕耘路，目光如炬奔前方。

从军之前当记者，新汴河上办报忙。

入伍北空搞报道，鹰击长空写华章。

奉调北空宣传部，华北五地勤采访。

典型报道登军报，升任科长管一方。

贤妻洗浴摔重伤，毛遂自荐转地方。

创办《中国报刊报》，中国记协献力量。

举办全国报刊展，建国以来头一桩。

调赴新闻出版署，副总编辑肩上扛。

组版撰稿两不误，获得全国新闻奖。

报社班子得调整，主持工作更繁忙。

办报清查两手抓，谨慎细致如绣花。

一九九三进党校，地厅班里受培训。

如虎添翼能力长，记者之路更宽广。

一九九六任总编，含辛茹苦超十年。

坚守导向不偏航，撰写言论为日常。

抓稿抓钱抓人头，报纸面孔大变样。

筹款盖起办公楼，全社职工喜洋洋。

五获中国新闻奖，韬奋奖项美名扬。

高级编辑拿到手，作家协会也上榜。

兼职博导去讲课，正高评委八年当。

四十余载干新闻，党的嘱托记心上。

忠于事实写稿件，正面宣传不偏航。

一心一意跟党走，勤奋耕耘创辉煌。

今日适逢记者节，写诗纪念心欢畅。

　　　　　　写于 2022 年 11 月 8 日，为庆祝记者节而作

蛟龙腾飞

弹指一挥间，七十四年前，

人民海军初建立，羽翼未丰待发展。

世界风云狂飙起，五洲大洋掀波澜。

人民海军今亮相，今非昔比搅动天。

俄乌之战不停歇，台海浪高有风险。

敌人若敢来侵犯，蛟龙闹海勇争先。

山东辽宁海南舰，驰骋海洋非等闲。

只待统帅发号令，铁军到处凯歌还。

写于 2023 年 4 月 22 日，为纪念人民海军成立 74 周年而作

军强则国强

当今世界风雨狂，导弹轰隆震天响。

俄乌之战不停歇，台海骤然掀恶浪。

人民军队国之剑，寒光闪烁保国防。

敌人胆敢来侵犯，完全彻底消灭光。

吾曾当兵十六载，空军熔炉练兵忙。

回首军营心澎湃，期盼军强国更强。

人民军队人民爱，钢铁长城威风扬。

几只苍蝇嗡嗡叫，蚍蜉撼树不自量。

时值八一建军节，吟诗一首表衷肠。

祝愿军队更强大，无坚不摧斩豺狼。

写于 2023 年 7 月 21 日晨

为亿万农民喝彩

吾当农民整三年，挖过河沟种过田。

饱尝锄禾日当午，大汗淋漓透衣裳。

面朝黄土背朝天，披星戴月一年年。

汗水掉地摔八瓣，腰酸腿疼夜难眠。

今日赶上新时代，脱贫攻坚捷报传。

农业普遍机械化，科学种田换新天。

国家设立丰收节，亘古未有农民欢。

"三农"兄弟团结紧，乡村振兴道路宽。

期盼五谷丰登时，父老乡亲锣鼓喧。

脸上洋溢幸福笑，更美日子在明天。

写于 2023 年 9 月 8 日

*

明星篇

小球迷

九个小球迷，

六男三女。

憨厚的模样，

惊喜的笑容，

放光的眼睛，

是那么自然，

那么专注，

又那么痴情。

小球迷，

祖国的花朵与未来。

或许，

十年二十年之后，

这九个小球迷之中，

会有"铁榔头"，

会有邓亚萍，

会有"飞毛腿"，

还有亚运会、奥运会亚军与冠军。

他们是体育健将，

承载着中华民族的重托与荣光。

写于 2021 年 7 月 10 日

零的突破

好男儿，许海峰，

安徽省和县人，

二十七岁打冲锋，

勇入虎穴争英雄。

第二十三届奥运会，

射击高手强如林。

一靶一靶拼下去，

枪声叭叭惊众人。

一枪十环入靶心，

锁定战绩得冠军。

这是我国体育大赛零的突破，

令巍巍泰山起舞，

让万里长城欢歌。

许海峰啊许海峰，

你用历尽艰辛的苦练，

让鲜艳的五星红旗，

头一回在奥运会上升起！

许海峰，你是好样的，

你开启了奥运夺冠的先河。

有了金牌零的突破，

中国体育健儿，

飞得更高，

飞得更快，

飞得更强，

信心百倍一路高歌。

写于 2021 年 7 月 14 日

七星闪耀

夜晚，浩瀚的银河啊，

北斗星巧妙地排列，

宛若一座金色冠军奖杯。

这是摄影家唐禹民的心血之作，

更是我国乒乓健儿矫健的身影！

看那七座冠军金杯组成的方阵，

排列有序，层层叠叠，

金光闪闪，亭亭玉立。

多么像夜空中的北斗星，

是那么耀眼夺目，

是那么多姿多彩，

是那么令人心旷神怡！

啊！

七座沉甸甸的金杯，

凝聚着乒乓健儿集体的智慧，

汇聚着多少奋勇攀登的汗水？

这是中国乒乓球队的巨大荣誉，

一个个响亮的名字永远铭记。

乒乓小球搅动了世界，

为中美外交打开久闭的大门。

尽管今日之地球，

变暖变小变得动荡不安，

但我们仍然坚信，

乒乓健儿一定会再创佳绩，

激励中华儿女争取更大胜利。

写于 2021 年 7 月 14 日

"魔术师" 张燮林

祖籍江苏镇江，

细高个，倒背头，

削起球来忽左忽右；

拼杀中机动灵活，

冷不防来个扣杀回马枪，

令对手防不胜防。

他就是人称乒坛"魔术师"，

中国女乒总教练张燮林。

在第二十七届、二十八届世乒赛上，

他凭着神奇灵活的削球术，

与队友团结奋战，

连续夺得两届男子团体冠军。

在第三十一届世乒赛上，

他与女乒名将林慧卿密切配合，

削攻并举球技高超，

首次摘取男女混双冠军。

此后在十多年的征战中，

他指挥中国女乒鏖战世乒赛，

夺取过十次女团冠军，

辛勤培养出多名乒坛大姐大，

为我国乒坛立下累累功勋。

写于 2021 年 7 月 15 日

"跳马王"楼云

一位健壮青涩的小伙子，

两臂肌肉拧成疙瘩，

二目圆睁，双腿腾空，

像蛟龙出海，似饿虎扑食，

一副唯我独有的气概！

这是多么勇猛的画面，

又是何等动人的场景！

这位强悍的小伙子，

人称"跳马王"楼云。

在洛杉矶和汉城奥运会比赛中，

他技压群雄，

连夺两届跳马金牌，

实现中国竞技项目的新跨越。

1988年汉城奥运会，

中国体操队失误频发，

竞技状态一时低迷。

面对压力山大的逆境，

勇敢的"跳马王"楼云，

沉着镇静，不负众望，

在强手如林的争夺中，

一举拿下跳马冠军。

自此惊人魂魄的"楼云跳"，

享誉世界，名声大振。

写于 2021 年 7 月 17 日

217

杠上美女马燕红

马燕红容貌美，

手捧金牌笑声醉。

左手轻轻掐腰部，

潇洒靓丽人更美。

高低杠上展绝技，

双手握杠身翻飞，

后空转体一周下，

稳稳站立夺高分。

这是当年的马燕红，

高超技艺惊艳了观众，

更惊艳了所有资深评委。

马燕红精彩绝伦的一跳，

被国际体联命名为"马燕红下"。

霎时轰动了国际体操界，

美名传遍了五洲四海。

马燕红，红得有理，

马燕红，红得鲜艳！

我们怀着十分钦佩的心情，

真诚地祝福马燕红，

青春永驻，永远艳红。

写于 2021 年 7 月 17 日

佳妮腾跃

像仙女起舞，如飞燕展翅，

在高低杠上自由驰骋，

好一派凌空腾跃的威风！

她是国家体操队主力队员，

江苏苏州美女吴佳妮。

她体态柔美，面容秀丽，

技术全面，动作潇洒。

在长达十多年的体操生涯中，

不畏伤痛，腾飞跳跃，

获得第九届亚运会平衡木冠军。

在第二十三届奥运会上，

她那惊艳迅捷的一跳，

被国际体联命名为"佳妮腾跃"，

在国际体操史上写下自豪。

美丽，属于奋勇搏击的人们，

我们祝福吴佳妮，

常胜不败，永远美丽。

写于 2021 年 7 月 30 日

"鞍马童非"

童非腾飞，音相似字不同。

看童非单杠上的精彩表演，

分明啊就是腾飞腾飞。

从童非到腾飞，

日月飞转，寒来暑往，

吃尽万般苦，强忍百回伤。

披星戴月练技艺，

积聚了摘金揽银的力量。

他获得"鞍马童非"的荣誉称号。

在近二十年的体操生涯中，

参加二十一次国际体操比赛，

共夺得三十八块金牌，

赛场上升起了七十次五星红旗。

童非啊腾飞，

你是中华儿女的骄傲，

你为祖国体育事业腾飞，

立下了汗马功劳。

写于 2021 年 8 月 25 日

金牌灿烂

金牌无比荣耀，金牌闪闪发光，

金牌分量很重，金牌万人景仰。

一枚金牌，是一员虎将。

一枚金牌，是一面旗帜。

一枚金牌，似一面冉冉升起的五星红旗。

金牌啊金牌，

你凝聚着我国体育健儿多少心血，

你饱含着中华儿女多少殷切期待，

你代表着祖国是何等强大，

你彰显着我国体坛的尊严和荣耀。

我国肩负重托的教练员和运动员们，

不忘初心英勇奋进，

强忍伤痛锐意创新，

向更快更高更强进军。

望着这金光灿烂的金牌，

我们仿佛看到，

体育健儿顽强拼搏的身影，

为斩获金牌第一奋勇攀登。

我们怀着无比的激动和喜悦，

向荣获国际比赛金牌的运动健儿致敬。

写于 2021 年 8 月 31 日

相声大师侯宝林

相声是一门语言艺术，

追求说学逗唱；

把欢笑送给观众，

将中华文化传向五洲。

侯宝林是著名相声艺术家，

六十余年的艺术生涯，

创作表演了诸多相声，

是亿万人心中的艺术大师。

侯宝林说相声，声音洪亮幽默，

语速不紧不慢，抖包袱生动有趣，

唱京戏如同科班。

听侯宝林说相声，是享受语言艺术，

令你忍俊不禁开怀笑，

离开剧场仍余音缭绕。

侯宝林酷爱相声艺术，

净化相声语言下功夫。

为提高相声审美情趣，

呕心沥血创精品，

悉心培养接班人。

他曾任全国政协委员，

当选过全国人大代表。

1993 年 76 岁临终时，

面对领导和弟子说：

我说了一辈子相声，

研究了一辈子相声，

最大的愿望是把欢笑送给观众，

观众是我的恩人和衣食父母，

有一天我不得不永别观众，

也要带着微笑告别西行。

写于 2021 年 9 月 3 日

*

杂咏篇

春雨潇潇

夜闻春雨潇潇洒，敲打竹林叭叭叭。

梧桐枝干饮甘露，悄悄孕育抽新芽。

万物复苏伸直腰，鸟语花香溢万家。

人大政协议国是，春风浩荡满中华。

写于 2020 年 12 月 1 日

即席题诗赠志怀（藏头诗）

题记：二十世纪七十年代，我在北京军区空军宣传部任干事、科长，与同在北空组织部任干事、科长的杨志怀同志是老战友。三年前，北空几位老战友相约聚餐，都是年过七旬的古稀之人。品茗饮酒间，我即席乘兴为志怀写了一首藏头诗，以表战友的深情厚谊。

志向高远天地宽，
怀抱全球尤可赞。
同行之中佼佼者，
志在一流勇登攀。
健身习字不停歇，
康乐朝暮度晚年。
长夜绵绵无穷期，
寿比南山夕阳灿。

写于 2021 年 3 月 29 日

花下思

玉兰树下闻鸟鸣，布谷声声侧耳听。

春色春阳春光好，催人播种忙不停。

莫道老夫年古稀，仍怀壮志当年勇。

五十余载京城住，更知粒粒皆汗成。

写于 2021 年 4 月 1 日

凌晨偶思

夜半醒来思翩跹，忽闻乡友祝平安。

弹指离乡半世纪，乡音乡情仍依然。

记得儿时生活苦，至今忆及不堪言。

穷则思变暗发奋，志在自学苦登攀。

苍天不负苦心人，一纸通知入校园。

中专毕业到地委，"文革"内乱史空前。

投笔从戎进军营，苦学写作得提干。

自此命运获转机，子女进京把家安。

少时吃苦老时甜，人生风雨不平凡。

朝暮想起众乡亲，乐为后学做奉献。

人过留名雁留声，捐书助学灵璧城。
耗资二十余万元，一腔豪情心甘愿。

合肥召开发布会，省委书记致贺信。
吾去母校访恩师，相见甚欢泪沾襟。

古稀之年回故里，回报乡亲是本分。
但愿择日再返乡，喜见幸福新农村。

写于 2021 年 6 月 11 日

吟 诗 乐

人生在世有几乐？屈指算来并无多。

少时穿上新衣衫，过年收到压岁钱。

考上大学当上官，洞房花烛云雨甜。

未曾料到已老年，吟诗作赋唱合弦。

群主发出飞花令，诗友八仙神通显。

三言五语七绝句，新诗首首激情燃。

鞭挞假恶与陋习，讴歌真善美与奇。

相互切磋长文采，品茗把盏增友谊。

如此乐趣很珍贵，养生健脑有助力。

祝福群里众诗友，朝暮吟诗笑嘻嘻。

写于 2021 年 8 月 10 日

秋之恋

秋阳秋风秋之恋，秋高气爽满人间。

春华秋实五谷丰，神州处处展笑颜。

欣逢辉煌新时代，国泰民安强起来。

无论何敌敢来犯，迎头痛击皆全歼。

写于 2021 年 8 月 20 日

淮南卧龙山古城赋

题记：乡友卓芝民从宿州来，言及在安徽省淮南市卧龙山旁拟修建青少年德育教育基地，邀请我为淮南卧龙山古城作赋。盛情难却，遂作赋以赠之。

淮水东奔浪涛急，气象南北分清晰。

鸿篇巨制《淮南子》，根扎淮南属天意。

甘棠遗爱颂廉洁，乐施好善传礼仪。

春分冬至时令节，世界非遗占一席。

人杰地灵智若星，浩瀚原野五谷丰。

松柏苍翠卧龙山，环境优雅泉有名。

古迹纵横连成片，相映生辉珠璧联。

中州咽喉要塞地，历代兵家多鏖战。

淝水之战施巧计，谢家功名万里传。

文脉悠悠源千古，历史灿烂照征途。

五彩淮南多壮志，凤凰涅槃自奋蹄。

交通发达通四海，学府云集在咫尺。

群贤毕至展才华，挥毫泼墨绘蓝图。

城乡融合新模式，创新转型再升级。

乡村振兴树标杆，新兴产业添活力。

淮南紧跟新时代，豪情满怀开新局。

卧龙古城展英姿，锦绣淮南创奇迹。

写于 2022 年 1 月 10 日京城

故 乡 情

离乡半世纪，乡音难改变。

少时辛酸少时路，少时欢歌少时哀。

酷似电影一幕幕，点点滴滴在心海。

无论走到哪里，无论官有多大，

都不能忘记乡邻，都不会忘记故乡，

都不能忘记亲人，都不许忘记爹娘。

哪里有祖上的坟？哪里有刻骨的爱？

哪里有儿时的梦？哪里有少时的伴？

故乡啊故乡，生我养我的地方，

我在那里长大，我从那里出发。

不饮淮河水，哪来笔和墨？

不吃五谷粮，何来今模样？

故乡过往长相忆，落叶归根应如常。

魂牵梦绕，朝朝暮暮思故乡。

写于 2022 年 7 月 18 日午后

慈母心

题记：一年前，女儿雯雯身体不适，住院检查，夫人高丽心绪不宁。夫人思来想去，买来新鲜的荠菜包两种馅的饺子，让雯雯换换口味。细思之，慈母一片深情。

女儿有恙在医院，妈妈夜里不安眠；
三番五次细思量，想为女儿帮点忙。

清晨早起洗荠菜，忙着和面包饺子；
一荤一素两样馅，千调万拌味道鲜。

时针指向一点半，饺子下到锅里边；
只等女婿进门来，饭盒装满带甜蒜。

可怜天下父母心，点点滴滴亲眼见；
祝愿女儿早康复，阖家老少喜团圆。

写于 2023 年 3 月 26 日

生死何堂堂

人生似朝阳，日出霞万丈。

晴空万里云，蓬勃志如钢。

旭日东向西，脚步穿梭忙。

时值日当头，事业正辉煌。

岁月无情走，转眼两鬓霜。

夕阳已西下，余晖照满窗。

今日父亲节，感悟一箩筐。

人生如春梦，生死何堂堂。

写于 2023 年 6 月 18 日

友 朋 聚

题记：战友范世林从山西来京，多年未见，甚念。愚做东特意邀乡友、诗友韩其周、李洪波、王谨、王咏华前来作陪，作小诗一首，以资留念。

七月太阳耍豪横，光线如火像蒸笼。
友朋相约京城聚，欢迎世林喝两盅。

茅台打开香气涌，冰酒入口似柠檬。
烤鸭吃得嘴流油，冰镇西瓜凉飕飕。

王谨洪波斟满酒，咏华芬之笑悠悠。
世林其周站起来，咕咚一声酒入喉。

人生苦短觅挚友，推杯换盏无忧愁。
今日京城喜相聚，明朝吟诗竞风流。

写于 2023 年 7 月 9 日，与友朋欢聚北平盛世烤鸭店

四字吟

生死由命，富贵在天，

无论是谁，都是这般。

生生死死，死死生生，

何来畏惧，含笑九泉。

如此心胸，洒脱肝胆，

减灾少病，平安康健。

写于 2023 年 8 月 9 日

泉水叮咚

小溪如泉，流水潺潺。

叮咚作响，祝福平安。

已是深秋，金黄一片。

岂知暮年，幸福满满。

写于 2023 年 10 月 12 日晨，观景与咏华兄吟诗唱和

为老友画像

题记：诗友、战友陈昌才，微信名"采薇陈老"。他善诗词歌赋，又喜打乒乓球健身。我与夫人高丽晚饭后散步，从微信上看到他发来的几幅图片，忍俊不禁，遂作此诗发去，以逗之。

对阵乒乓，像模像样。

手舞足蹈，挥臂掐腰。

采薇陈老，一大活宝。

吟诗作赋，妙手高招。

谈笑风生，朋友不少。

小酒畅饮，半斤不倒。

但愿今生，唱和滔滔。

友情长青，百岁逍遥。

写于 2023 年 11 月 8 日晚 9 点 10 分方庄博纳影院

问安吟

为何问早安？细想很必要。

已是夕阳时，年岁都不小。

清晨发微信，等于传捷报。

真诚送祝福，亦是报个到。

人生苦且短，健康尤重要。

每天问声好，平安乐陶陶。

写于 2024 年 4 月 23 日

五月随想

五月立夏昼变长，翠绿柳枝飞絮忙。
百花盛开争斗艳，小鸟啄食立窗旁。

五月夜短梦故乡，父母坟茔在远方。
一晃五年匆匆过，不曾回乡敬爹娘。

五月艳阳闪金光，小麦拔节长势旺。
男女老少笑颜开，神州处处喜洋洋。

五月喜事连成串，亦有忧愁萦脑海。
"台独"头子将上台，南海浊浪滔天来。

俄乌之战不停歇，巴以冲突炮声急。
导弹频频炸拉法，无辜百姓成冤魂。

美帝北约是祸根，狼子野心酿成因。

但愿五月有转机，战火硝烟快平息。

写于 2024 年 5 月 7 日

小荷才露尖尖角

——贺华景时代七岁生日

　　题记：2024 年 6 月 23 日，是北京华景时代文化传媒有限公司成立七周年。起步之初，遭遇新冠疫情严重冲击，创业之路举步维艰。但在董事长朱文平、总裁刘雅文的带领下，华景时代全员同心同德，开拓进取，共同经历了从无到有、从艰难到成功的辉煌历程。现在，华景时代的产品线涵盖了时政、社科、文学等多个领域，编辑出版的图书多次获得国家级荣誉奖，展现了朝气蓬勃、可持续发展的广阔前景。为庆祝华景时代创业七周年，作此诗以贺之。

七年弹指一挥间，回首来路感万千。

猛然踏上创业路，疫情来袭三年半。

风雨前行咬紧牙，初心不改意志坚。

群策群力谋选题，主题出版破难关。

夜以继日雕精品，雨过彩虹映蓝天。

今日喜庆七周岁，华景群英尽开颜。

写于 2024 年 6 月 23 日晨

鬼麻将

街坊邻居约打牌，偶尔应约就去玩。
真正打起费思量，麻将净是鬼花样。

本来五十四张牌，东南西北依次摆。
且看奥妙有何在，其实牌坛很豪迈。

三六九和只等点，十有八九能和牌。
谁料单吊抢先机，让你百思不得解。

古往今来打麻将，输输赢赢很正常。
但也确实有鬼牌，让你无奈很惆怅。

有人麻坛败家产，有人倒在麻桌旁。
就是如此鬼麻将，闹得众人一片忙。

扪心自问想一想，麻将魔力咋弄强？

男男女女齐上阵，黑天白夜筑城墙。

闲来无事玩两把，千万不要太疯狂。

权当娱乐练练脑，切忌打牌逞豪强。

写于 2021 年 4 月 8 日

干　杯

干杯，

朋友聚一起，

不亦乐乎。

美酒端上来，

美美喝个够。

人生能有几回搏？

人生能有几次醉？

今宵喜相逢，

一醉方休。

打开瓶盖斟满酒，

祝福话儿飞出口，

身康体健家和睦，

财源广进万事顺，

干，干，干。

只要感情深，

必须一口闷。

咱俩感情有，

喝啥都是酒。

要想发大财，

三杯端起来，

干，干，干。

酒过三巡夜已深，

满嘴流油醉醺醺。

面红耳赤站不稳，

家长里短往外喷。

敞开心扉掏实话，

杯盘狼藉乱纷纷。

写于 2024 年 10 月 18 日京城寓所"观远斋"

＊
心
语
篇

说写诗

诗，言志，

诗，抒情，

诗，叙事，

诗，写景。

诗是生活的乐章，

诗是生命的歌唱，

诗是真情的流露，

诗是真理的传扬。

诗句要简洁生动，

诗意要健康向上，

诗境要脉脉含情，

诗文要哲理荡漾。

有生活，

就有诗的源泉；

有激情，

就有诗的奔放。

写诗，

切忌哗众取宠；

写诗，

切莫无病呻吟；

写诗，

不必拘泥于形式。

写诗吐真言，写真事，诉真情，

诗行有灵魂，有律动；

有读者，有生命。

写于 2021 年 4 月 30 日

说人生

太阳升起，总要落下，这是大自然的规律，无人可阻挡。人生苦短，风风雨雨，世事难料，离合悲欢。转眼间，树叶绿了黄了落了，不知不觉间过了一年又一年。这其中苦辣酸甜咸，生老病死，林林总总，苦乐参半，更不晓得哪一天突然驾鹤西去，永久别离了人间。

因为，人生之途，命运多舛，风雨与阳光同在，坎坷病痛与不幸如影随形，在可长可短的旅行中，人人一律平等。因为黄泉路上无老少，谁也说不清，幸福有几何？来日有多长？但有一条是绝对的，人生是一次没有回程的旅行，一秒一分，一时一天，有去无回，过去了就永远过去，再也回不来，且越往前走，身体零部件损坏得越厉害，距离归程越近，精神与精力就越不济，更何况人生之旅还时有神秘莫测之事，让你根本弄不清楚何时何月何年，属于你的旅行就突然终止！总之，或迟或早，或男或女，统统一个归宿。这正是人生苦短，白驹过隙，要格外珍视与珍惜！

诚然，太阳升起要落下，人有生就有死。但如何面对人生，面对生死，不同的人有不同的价值观，亦有个人不同的选择。我信奉，逆境催人奋发，自学可以成才。人这一生，无论是务农，还是做工，无论是做官，还是经商，无论是贫穷，还是富有，无论是健康，还是有疾病，都要追求坦坦荡荡、清清白白、健健康康、欢欢乐乐、和和美美，尽可能使自己活得有价值、有声色、有尊严、有滋有味。若如此，不必在乎人生的旅程长短，也不必在乎功名利禄有多少，只要一生中你真的尽力尽心了，尽己所能，顺其自然了，那就是无悔的人生，就是有诗情画意和值得追忆的人生。

问诸君，不知以为然否？

写于 2020 年 11 月 16 日

261

说疾病

　　疾病，是一种痛苦，甚至是一种灾难，但掰开揉碎想开来，疾病何尝不是一种必然。天有阴晴雨雪，地有丰年歉年，人乃血肉之躯，食的是人间烟火，吃的是五谷杂粮，怎能一年三百六十五日，天天健健康康，永远无病无灾？！

　　正是从这个意义上说，无病是暂时的、相对的、偶然的，而有病是正常的、绝对的、必然的。古往今来，历朝历代都有人奢望长生不老，皇上命术士冶炼金丹，最终依然疾病缠身，年纪不大就一命归天。有的富豪和高官，一旦患病，住高级病房，买昂贵进口药物，请专家精心诊治，到头来人财两空，照样是驾鹤西去，与亲人别离，与黄土为伴。古往今来，疾病是不嫌贫爱富的，在任何人身上都可能发生，病痛和死亡与法律法规一样对任何人都一律平等。无论是天王老子，还是平民百姓，一旦病入膏肓，没有什么神仙相助，苍天亦不能关照垂怜。

　　因此，对待疾病，不必慌张，不要惶恐，要面对现实，冷静坦然，千方百计抓紧治疗，力求医生妙手回春，自己早日康复，重返工作岗位，重温人间冷暖。若是偶有头疼脑热、伤风感冒，只要自我感觉还好，更不必心惊胆颤。须知，人本身有免疫功能，平日里小病小灾时常光顾，本属正常，不值得大惊小怪，更无须惶惶不可终日。去医院，遵医嘱，服些药，睡足觉，多喝水，增营养，再适当加强点有氧运动，保持一个好心态好心情，往往小病会悄然溜之，不治自愈。即便是患有重病，甚至是癌症，一是自认倒霉，坦然处之；二是倾尽全力，积极治疗，也不必唉声叹气，怨天尤人。无数病例一再证明，病了不一定很快治愈，而心病往往是催命的魔鬼。有的人得了癌症或其他重病，便吓得魂不附体，吃不下睡不着，成天处在惶恐中，其结果心气神没了，服药无效，灵丹不灵，等于自己判了死刑，自己要了自己的命。

我以为，人是高级动物，人最有自知之明。对医生的话不可不信也不可全信，尤其是关于癌症的诊断，更要慎之又慎。十几年前我在协和医院体检，往"彩超"下一躺，体检者说我是甲状腺癌，马上要动手术。我自我感觉良好，不大相信医生的判断，便将片子传给北大医院一位主任医师，请他帮我拿主意。他说看片子有七分可能是癌，并主动提出为我主刀做手术。无奈之下只好从之。结果，做全麻手术切片活检只是良性结节，等于"白挨了一刀"。由此，我对医生的话只信百分之五十，其余百分之五十由我自己根据身体感觉说了算。君不见，不少人一说得了癌症，不是吓得吃不好饭，睡不着觉，就是一味地听信化疗放疗，往往结果不妙。人吃五谷杂粮，哪有不生病的。有了病或重症，积极治疗没有错，但千万不可自以为"天要塌了"，惶惶然心灰意冷，更不要轻易地靠化疗过度治疗。我有一个山东的朋友，医院诊断是肝癌，在当地治疗多年效果不理想，但仍能正常吃饭走路，来北京时看上去并不像危重病人。但刚刚化疗一个礼拜，病情突然恶化，不足六十岁便走了，其中的缘由值得深思！我还见过有的人得了疑难杂症，甚至确诊为癌症，首先不惊慌，保持一个好心态，承认现实，积极治疗。但也不是一味地去化疗放疗，而是通过服中草药，使病情逐渐好转，大大延长了寿命。所以，凡事要讲辩证法，有了疾病，一要实事求是，认病医病，不要被癌症所吓倒，二要因人因病而异，寻求最科学、最有效的治疗方法，以求得最好的结局。

综上所述，人生在世，得这样或那样的疾病，是或迟或早必然的，人生数十年甚或上百年，哪有不生病没有灾的呢？即便是坚硬的岩石还要经受风雨冬雪的侵袭，也要有所损毁与变化，何况肉体凡胎的男人女人。但重要的是对疾病要有正确的理解、正确的判断、正确的处置。心态健康，处理得当，疾病可医治，生命可延长；心态不好，处置失当，小病变大病，大病见阎王。此乃人生的辩证法，亦是延年益寿的心得也，让我们共勉。

写于 2020 年 11 月 17 日

说生死

树要枯，花要谢，人要老，是自然法则，天王老子，黎民百姓，概莫能外。因此，对人的老去、生命终止，大可不必多虑，一切顺其自然为好。

众所周知，人都是随着哇的一声啼哭来到这个世界。这一生或辛苦或安逸，或一般或辉煌，往往不可预知，不可强求，有时甚至不以你的意志为转移，需要党和人民的培育以及自己孜孜不懈的追求，亦需要选定目标，一以贯之，久久为功，艰苦奋斗。至于到头来究竟是个啥模样，大可不必为此烦恼。世上没有后悔药，还是人尽其才，物尽其用，顺从天意、知足常乐吧。

然而，人活一世，有几条人生格言应谨记：一是幸福和成功都是奋斗得来的，不劳而获、巧取豪夺不可取；二是忠诚勤勉，善良孝顺，爱国爱民，是做人的品格、一生的追求，无论何时都不能偏离；三是健康第一，平安第二，自由第三，亲情友情爱情第四，其余都是零。

至于说到养老，是靠儿女在家照顾，还是请保姆或是入住养老院，那是萝卜白菜，各有所爱。因为自己最了解自己的心愿和需求，还是要一切从实际情况出发，自己做主自己当家。依我个人的意愿，只要身体尚可，生活能自理，最好不去养老院。那个地方，虽然养老的设施齐全，生活条件也不错，但都是七老八十之人扎堆的地方，说句不吉利的话，"都是等死的人"，几乎每天都有人被抢救，救护车时刻在待命。这种氛围有点死气，有点恐怖，不去也罢。

人哭着来到世上，能笑着离去最好。生生死死，死死生生，先生先死，先死先生。生命无非是这样循环往复，有何值得惆怅和悲戚的？笑对人生，笑对生死，如此这般，如此罢了。

写于 2022 年 2 月 20 日

说 心 态

　　心态、心情、心理、心劲，乃人生快乐、豁达、健康之要素也。年轻时如此，年老了更如此。许多人未老先衰，甚至成了短命鬼，皆与以上四种心理因素不当有关。人，赤条条来，变一缕青烟而去，无论是高官显贵，还是凡夫俗子，皆如此。与其活得那么焦灼、那么心累，不如坦坦荡荡，豁达畅快，健康快乐地走完人生。我以为，人活一世，不在于做高官当富翁，也不在于活多大年纪，关键是身体健康，家庭和睦，平安快乐，衣食无忧！人活着，生活要有质量，生命要有意义，人生要有价值，要追求生命的宽度与厚度，并不在于生命长度有几何。君不见，人的心态、心理、心情、心劲越好越健康，人生也就越亮堂、越完美、越无憾，何乐而不为呢？

　　　　　　　　　　　　　　　　写于 2024 年 6 月 3 日

说　忙

忙，是革命的常规；忙，是生命的常态；忙，是健康的模样；忙，是人生的乐章。人活一世，不要责怪忙，莫要嫌弃忙，而要喜欢忙。尤其是上了年纪的人，对忙要情有独钟。因为，越忙越精神，越忙越年轻，越忙越潇洒，越忙越健康。

世人皆知，古往今来，只有懒人不忙，只有手脚不便、脑袋不灵的人不忙。不妨仔细想一想，一年春夏秋冬三百六十五天，等到你真的有一天无所事事，什么都不"忙"了，什么也"忙不动"了。其结果，必然是对什么都索然无趣、茫然无知，那你就真的不用"忙"了，也真的快见马克思，要彻彻底底地凉凉了。如此这般，难道是好事一桩吗？！

诚然，忙是好事，忙是常态，忙，也是健康的一种标志。但对"最美不过夕阳红"的人来说，还是要力求实事求是，应忙而有度，忙而有秩，忙而有理，忙而不乱，忙而有乐，忙而有趣。千万不要过度的操劳，穷忙、瞎忙、不必要的忙，要因人而异，量力而行。

夕阳灿烂，霞光万道。让我们抖擞起精神，每天都忙起来吧，忙得欢欢乐乐，忙得健健康康，忙得神采飞扬。

写于 2024 年 6 月 13 日

说晚年

　　人从生下来的那一天起，就或迟或早地走向死亡，而且死的方式林林总总，各种各样。这是人世间的正常现象，不以人的意志为转移。因此，人生在世，无论年轻还是年老，只要有正常的思维和认知能力，对万事万物都应看得淡一点透一点，对功名利禄与生命长短，都应取顺其自然的从容态度。尤其到了夕阳西下的暮年时光，坦然、淡然、从容不迫的心绪、心情、心态更为重要。古语说，养儿防老。无数事实证明，这句充满公序良俗的民间谚语如今已不那么管用和灵验了。不要说独生子女的父母存在失独之忧，就是有一男二女的老年夫妇，也难以保证儿女个个身康体健、遵守孝道。有的本来就是不肖子孙，你压根儿就指望不了；有的是忙东忙西，成年累月忙于自己挣钱养家，根本无暇也无更多钱财与时间照顾父母；还有的子女，总体上还算孝顺，但也时常十天半月甚至更长时间不登父母家门，偶尔买点水果、发个微信、打个电话足矣！所以，视频中经常披露的一个又一个悲剧案例，早已不是什么令人吃惊的社会新闻，而是常有耳闻的社会现实，确实值得老年父母们警醒与深思！

　　人生在世，健康第一，其余都是零。进入古稀之年的老年夫妇，来日已无长。首先，要千方百计力求身体健康，生活能够自理且有一定的质量。其次，要量入为出，努力为晚年生活积存一些必要的"银两"，以随时应对不时之需，不要等你一旦急需用钱时，还要伸手向子女要，那时情景往往不妙。如果已是风烛残年，生活实在难以自理，一是要提前选好养老院，在那里度过"留守时间"，二是自己花钱请个靠谱的保姆，尽己所能保有做人的尊严。至于何时驾鹤西去，那就看得开一些，一切顺从天意，坦然自若地由它而去。诚然，世上也确有众多孝顺的子女，那是你一生勤劳忠厚修来的福气，能衣食无忧、含饴弄孙、健康长寿，岂不是幸哉乐哉悠哉？

写于 2024 年 7 月 8 日晚

说人格魅力

　　人生苦短，匆匆忙忙。无论是男人，还是女人，无论是工人、农民、商人、军人，还是基层领导或是中高级干部，谁都希望自己有文化、有地位、有人缘、有魅力。这就是人们常说的不平凡的人生。回首总结我大半生的奋斗历程，有一个经验或道理，如斧削刀刻般那么清晰。

　　愚以为，凡是饱读诗书、忠诚勤勉，且有一定身份与职务的男人或女人，往往都很讲究与追求自身的人格魅力，这是爱美之心人皆有之的正常心理和正常现象，无可非议。但是，若要追问人的人格魅力从何而来，却不一定每个人都胸有成竹，说得明白。

　　人格魅力，是一个人与众不同、独一无二，自己对他人或对众人所具有的一种吸引力和影响力，通常来自颜值、身材、谈吐、衣着，也来自智商、情商、性格、气质、文化以及官位、财富等。

　　若要论一个领导干部的人格魅力，按照我的实践与体会，主要应从以下三个要件彰显出来：

一是打铁必须自身硬。作为领导干部，必须在知识储备、业务能力和管理技能上有"两把刷子"，在"硬件"上要基本达到足以服众。能力不足，别的来凑，那是马虎不得，也将就不下去的。仔细想想，古往今来有多少确有才华的仁人志士，可以长久地在无能缺德的领导手下，委曲求全、俯首称臣呢?！

二是面对市场日益激烈的竞争，作为领导干部，应具有目光如炬、勇于担当、开拓进取的魄力和执行力，做到：为官一任，造福一方。让部属跟着你干有希望、有奔头、有信心，尤其要靠自己的本领与人缘，竭诚服务，广交朋友，能率领部属创业立业、经营创收，努力使所管一方、一校、一个单位，干部职工的福利待遇年年有增长，日子像芝麻开花节节高。

三是作为领导干部，是干部职工的"主心骨"和"带头人"。不仅要公道正派，平易近人，廉洁奉公，不贪不占，豪爽大气，两袖清风。而且要侠肝义胆，体贴中坚，关心部属，营造起一种能说服人、团结人、凝聚人的精气神。

世上无超人、神人、完人，也没有让所有部属都拥戴、都服气、都钦佩的领导干部，这是正常的社会现实。

你想做一个目光远大、称职又具有很强的人格魅力的领导干部吗？那就不妨从上述三个要件上加强历炼、悉心培育、精心塑造吧。

写于 2024 年 7 月 9 日

说 北 空

　　提起北空大院，我记忆犹新，感慨万千！不只是自1978年10月起全家五口人在那里居住了十几年，而且我的仕途之升迁，我的命运之改变，均命里注定般发生在北空大院。那里有我奋斗的足迹、我的喜怒忧伤，也有我的老首长、老战友以及无尽的思念与向往。尽管几十年光阴飞逝，但北空大院的一草一木，房前屋后，点点滴滴，仍斧砍刀刻般印在脑海，终生难忘怀。

　　人老了，极易怀旧。当我看到咏华兄和思锦友的诗文，以及韩冬冬发表在"金色号角"上的回忆文章，猛然间对北空大院的记忆如同放电影一幕幕闪现在眼前。忘不了龙潭湖畔的晨跑，忘不了深夜里奋笔疾书，忘不了儿子在育翔幼儿园参加央视的文艺演出，受到邓颖超奶奶的亲切接见，忘不了"校官楼"里的欢声笑语，忘不了在宿舍为敬爱的周总理设灵堂悼念，忘不了自北空投书邮电报社的毛遂自荐，更忘不了政治部陈潜副主任在我离开北空时的肺腑之言。他劝我不要转业，军区空军仍会重用。他说，既然你铁了心要转业，那就暂时穿便衣去邮电报社上班，工资由部队发，直到国务院批下进京户口再脱军装，若户口批不下来，仍回北空上班，我们欢迎。陈潜副主任当着《人民邮电》报常务副社长刘祖佑的面，对我说的这段话，似春风拂面，温暖了我的身心，令我热泪盈眶。至今想来，北空对我有多大的恩情、多大的关怀啊，此景此情，怎能淡忘？此情此景，永记心间。可亲可爱的北空大院啊，是我锻炼成长的熔炉，是我安身立命的所在。我将永远地记住它、怀念它、热爱它，直至久远。

写于 2024 年 8 月 12 日郭公庄

说四次"自作主张"

人生苦短，变幻莫测。回首来时路，五味杂陈，感慨万端。实践一次再一次地告诉我，人生在世，要创造不平凡的人生，就必须勤奋好学，正直无私，奋发向上。要靠自己的本事养家糊口，要靠自己的学识创业领航。这里有我今生四次"自作主张"可以佐证。

第一次是 1964 年 7 月。作为已失学在家乡务农三年的初中生，当时我在安徽省灵璧县王集公社当文书，一月拿二十二元津贴，属于不脱产的公社办事员。为了改变在农村"修地球"的命运，有朝一日吃上公粮，有一个非农业户口，我执意与当年应届初中毕业生一起参加中专考试。不承想在灵璧县城七天七夜突击复习，居然被安徽省宿县农业中学会计统计专业录取，一下子转了户口，上了中专，自此命运有了转机。

第二次是 1968 年 2 月。当时，"文化大革命"运动轰轰烈烈，干部群众分成几派，时常发生"文攻武卫"，日子很不太平。那时候，我已中专毕业，被地委组织部分配到宿县地区新汴河工程指挥部政治部宣教科办《新汴河战报》，并由地专直机关三派革命群众组织联合推荐，进了宿县地区新汴河工程指挥部任革命生产委员会委员，经常与地委副书记兼专员、宿县地区新汴河工程指挥部总指挥郑淮舟一起开会出差，已算是"小荷才露尖尖角"，未来可期。但我却毅然决然瞒着新婚不久的妻子报名参军，为的是投笔从戎，摆脱当时动荡不安的工作与生活，在部队这座革命大熔炉里锻炼成长，一旦入党提干，一家老小可以随军进京安家落户。这虽是一个遥远的梦，但有梦想，就要出发。

第三次是 1984 年 9 月。当时，我已参军十六年，在北京军区空军政治部宣传部当干事六年，当副科长和科长七年。1984 年 6 月调北京空军某师政治部当副主任，因无主任，主持日常工作。天公不作美，刚到任三个多月，前妻因洗浴摔伤，我只好请假回京照料。恰在此时，从《北京晚报》中缝上看到人民邮电报社招聘编辑，一看三个条件我只有年龄一条合格。那时要进京落户比登天还难。为了一人安定全家安定，我决意投书问路。不料想，邮电报社三位领导看了我的三个剪报本，上面有我已发表的作品一百余篇，便立即让我写转业报告，户口由邮电部解决。但北空不同意我转业。为此，邮电报社给我下了编辑部副主任命令，由常务副社长刘祖佑带着我到北空政治部要人，于是有了副主任陈潜那番情深意长的谈话。我穿便衣到邮电报社上班，师里给我发工资，半年以后，国务院军转办为我单批了进京户口，直到1985年底，我才正式到师里办理了转业手续，由人民邮电报社发放工资。

第四次是2006年4月。我在中国新闻出版报社已任总编辑十年多，也已快满六十一周岁。新闻出版总署领导与我谈话，要我超期两年再退休。但在一次与友人的聚餐中，有位领导告诉我，接替我的人已选好，这令我有点愕然。我以为，已经超期一年，迟早要退，晚退不如早退，早退早安心，早退早自由，于是便主动给总署党组书记和总署署长龙新民写信，要求尽早安排退休。结果在2006年7月，我将满六十一周岁时，由常务副署长柳斌杰和总署人教司李司长来报社，宣读了总署党组的决定，对我任职十余年的工作给予了充分肯定，正式宣布我退休，自此平安着陆，安享晚年。

回想今生我的四次"自作主张"，每一次都是我人生路上的关节点，每一次都为我的仕途或家庭生活创造了转机。可谓识时务者为俊杰，一个个"自作主张"虽然看似偶然，但均恰到好处，此乃天意与性格使然。

回首往事，回顾成长，一言以蔽之，我数十年来，咬定青山，目光如炬，从不言苦，从不投机，从不贪腐，也不曾后悔与彷徨。一个贫农出身的穷小子，靠自己的艰苦自学和持续努力，由偏僻的安徽农村落户北京，最终被中组部和中宣部联合考察，于1996年1月8日，由中央宣传部批准任命为正局级的《新闻出版报》社（后改为《中国新闻出版报》社总编辑，难道不值得庆幸与欣慰吗?!

写于 2024 年 8 月 13 日

说莫谈政治

政治问题，事关大局，重要而敏感。凡关心国家大事的人，不是莫谈政治，而是要以国家主人翁的政治责任感乐谈善谈，谈得有滋有味，谈得有条有理。我牵头组织的"诗情画意唱和群"，有诗友、老友、乡友计六十六位。建群两年来，诗友在多种平台创作发表了一千余首诗词或是散文、随笔，还有不少色彩鲜艳、雄姿勃发的字画。每一次群诗主题都关涉不同题材的政治。无论歌颂还是鞭笞丑恶，哪一个不是讲政治论时事？就连我们群发的节令诗、纪念诗，每一次都充满了正能量，也与政治紧密相连。譬如，我们议论俄乌冲突，我们痛斥日本向大海排放污水，我们说苏东坡和屈原，我们谈"两会"新风，我们歌颂神舟上太空，如此等等。在日常的以文会友中，诗友、画友、群友们不只歌颂真善美，而且对一些不良现象和丑恶行为也言辞尖锐地评析批判，常有互相唱和。

其实，莫谈政治这件事，对我们这些一生与政治结缘的人来说，想不谈也办不到。只是，进入新时代，踏上新征程，当下谈政治，我们首先要讲政治、顾大局、懂分寸、守规矩，不能太任性太随意，尤其是对较为敏感的话题，要识深浅，把分寸，别说过头话，不讲犯忌言。因为，群友、诗友大多已退休，强身健体、安享晚年是我们"夕阳时代"的主旋律。由于退下来已十年或二十年，我们对不少政治性或政策性很强的东西，已不像在任上时那么清楚，许多机密性的文件和讲话已看不到，加上极少有机会下去调研，了解真实情况，所以对一些有关军事外交等领域方针政策的敏感话题，我们只能多观察勤思考少议论，以免言多失言，不合时局与身份。当然，如果你头脑清醒，思维敏捷，又有深厚的理论素养，若对某个时事政治问题有调研又有独到见解，或对解决当下人民群众的一些急难愁盼问题有帮助有启迪，可以开公众号，发高见，有时言辞尖锐一点，只要不"越界"、不"犯规"，也未尝不可。其关键在于头脑清醒，立场坚定，对所谈之事，言之有据，评之有理，而且对读者有启发，对国家和人民有益。

写于 2024 年 9 月 6 日

代后记

　　"安徽是个好地方网"编者按：各位网友，大家好！现在是 2024 年 11 月 22 日下午 3 点 30 分。本网《晓丽访谈》栏目将第四次启动，在"中国做人做官研究网"北京总部采访《中国新闻出版报》原总编辑张芬之。敬请关注。

自学成才的典范
——访原《中国新闻出版报》总编辑张芬之

《晓丽访谈》栏目主持人　魏晓丽

　　晓丽：张总好！"安徽是个好地方网"是"中国做人做官研究网"旗下的一个网站，您是中国做人做官研究网编委会副主任，从这方面来说，您是我的领导。作为领导，请问您对我主持这个栏目有何要求呢？

　　张芬之：呵呵，说是领导，客气了。很高兴能在北京

"做人做官研究总部"与你相识，也很高兴接受你的采访，祝你在北京期间一切顺利！

晓丽：谢谢，谢谢！

张芬之：你作为"安徽是个好地方网"的执行总编辑和《晓丽访谈》栏目的主持人，应当说责任重大、使命光荣，因为会有越来越多的人关注这个栏目。因此，我建议你要与"安徽是个好地方"这个网名紧紧挂起钩来，把安徽的"好"宣传出去，把安徽这块"金字招牌"擦得更美、更亮！

晓丽：（笑）好的，谢谢谢谢，一定谨记，一定谨记！与您比较，我是新闻界的一个新兵，您是新闻界的"老兵"和权威。作为"老兵"和业内权威，请问您对我在访谈方面有何指导性的建议？

张芬之：（笑）说我是新闻界老兵，此话不虚：从1966年至今，我已有五十八年的新闻出版从业经历；无论是在任上还是退休后，这些年我一直未间断从事新闻出版工作，除编审大量图书，自己出版的各类著作已有二十部；近来还有一本诗集《如此人生，有味道》要出版。作为新闻界"老兵"，我想对你说这么几句，供你参考。

要想当好这个执行总编辑，尤其主持好《晓丽访谈》

这个栏目，首先要向相关方面的优秀人士学习。观察多了，研究多了，天长日久，必有不少心得和收获，访谈起来也会更加从容自然、得心应手。

其实，你在"中国做人做官研究网"已有十多年的兼职经历，应该也是"老兵"了；你说自己是"新兵"，也太谦虚了。

晓丽：（笑）与您相比，我永远是"新兵"。

我们两个既是安徽的大老乡，又是宿州的小老乡。请问您离开家乡多年，尤其步入老年之后，对家乡又有着怎样的特别之情呢？

张芬之：（笑）哎呀，你说我俩既是大老乡，又是小老乡，这句话一下子把我们的距离拉近了，真有点他乡遇故知，相见恨晚的感觉，也使我们的访谈进一步增添了亲近与乡情。

一转眼，我离开家乡五十六年了。但是，无论是青年时期、中年时期、老年时期，也无论在什么岗位上、有多少成绩或荣誉，我永远都忘不了我是安徽人，也始终对生养我的家乡充满着留恋与期待。

人生苦短。衡量一个人的道德素养，我认为，不是看他当多大官、有多少钱，最关键最重要的是看他有没有忘根、忘祖、忘本！

小时候，家乡很穷，生活很清贫。我至今还记得村里的那口老井，家门前的那棵枣树和妈妈与妹妹辛勤种出来的白菜、豆角、黄瓜和茄子；清晰记得小时候的同学与玩伴，夏天一起在河里游泳、雨后去河里摸鱼捉黄鳝、在田间走过的一条条小路。尤其是到了老年，这种思乡的情结与怀旧的情怀更加浓烈：有时做梦回到了家乡，有时很想再去看一看埋在故土里的祖先和父母，有时想再见见小时候的左邻右舍与玩伴。

新时代，家乡的面貌和父老乡亲们的生活状况，已经发生了许多可喜的变化，吃窝窝头就咸菜的日子已经一去不复返了。但是，我仍然觉得，家乡的父老乡亲还不是很富裕，与江浙一带比起来还有很大的差距。因此，我真心期望家乡在新时代的征途上再有一些新的发展、新的变化！

晓丽：您是自学成才的典范，可否谈谈您自学成才的故事？

张芬之：（笑）说起自学成才的经历，真是记忆犹新，说来话长。因时间关系，我只能讲两个小故事，但愿能给家乡的学子一点启发。

首先是量体裁衣。根据我上小学、初中和中专时的兴趣与特长，我觉得自己在写作方面有点天赋，便立志自学新闻写作，靠一支笔改变命运。

晓丽：（笑）否则，您没进过大学的门，怎么能被评上高级编辑、当上正局级的《中国新闻出版报》总编辑、于二十多年前就加入中国作家协会、1993 年享受国务院政府特殊津贴、当上国家新闻高级职称评委会委员、1997 年被聘为中国广播学院——现更名为中国传媒大学——新闻出版方向的兼职博士生导师呢？

张芬之：我自学新闻写作，主要是从 1968 年入伍到北京开始。到了北京空军部队以后，我就利用业余时间经常给《空军报》《北京日报》《解放军报》《人民日报》投稿；入伍不到三个月，已有稿件上了报，很快被团里调到政治处当报道组组长。

那时，写稿件全用圆珠笔复写，一次要复写五份，写起来很用力，时间长了右手中指就磨成了厚厚的"老茧"，到洗澡的时候就痒痒，可以抠下一小块。我约摸算了一下，三十多年来，我从右手中指扣下来的"老茧"起码有四两（笑）。

1977 年上半年，是我入伍的第九年，已被北京空军政治部破格提拔为副团职的军区空军宣传部的副科长。我到高炮某师去采写一个连队指导员的事迹，从采访到写作整整用了八天，不仅与指导员谈心交心，还与连长、四个班长和许多战士谈心。写作素材齐全后，我走在路上想标题，想通讯的开头怎么写，想中间要运用哪些事例，结果走着走着撞到路边的杨树上，鼻子撞破流了血。但晚上仍然全神贯注在招待所写通讯，一写就是一个通宵：一支笔、一杯茶、几块巧克力，直到把八千多字的长篇通讯写好。后来送到空军报社，编辑特别看好，配上评论，用了整整一个版推出。

再给你讲讲1983年我参加北京市高等教育自学考试的事。为了弥补我只有中专毕业这个短板，我坚持一边工作一边利用节假日和休息日自学高考的十二门课程。为了一年参加五门课程的闭卷考试，我就每天早上4点钟起床，跑到营区不远处的龙潭湖假山里面，专注地读课本，大声地背名词、背答案；晚上下班回家，饭碗一放，就到晾台上做模拟试卷，直到12点以后才上床。就这样，我苦苦攻读了三年，终于通过了十二门课程考试，顺利地拿到了由北京师范大学和中国人民大学联合颁发的大专毕业证书，为我日后评正高、当总编辑奠定了基础。

现在想来，自学考试的确不容易，自学成才更难。但是，只要个人有点天资，加上持之以恒的勤学苦练，总有一天会成功，总有一天能成才。

晓丽：（笑）最后，请问您对家乡还想说点什么？

张芬之：（笑）咱们不知不觉聊了不短时间。（笑）好吧，最后我再对家乡的亲友讲几句心里话吧。

一是希望家乡的山更绿，水更清，牛更壮，住房更漂亮；二是希望家乡风调雨顺，五谷丰登，经济更繁荣，文化更多样，生活更富足；三是希望家乡的父老乡亲脸上天天展笑颜，家家有更多存款，阖家幸福安康！